AF295291

رغبة قمر

قصص

المؤلف: سعيد الشيخ

الكتاب: رغبة قمر (قصص)

منشورات ألوان عربية

الطبعة الأولى ٢٠٢٣

ISBN: 9789176990728

© 2023 Said Alcheikh
Förlag: BoD – Books on Demand, Stockholm, Sverige
Tryck: BoD – Books on Demand, Norderstedt, Tyskland
ISBN: 978-91-7699-072-8

سعيد الشيخ

رغبة قمر

قصص

نبأ السمكة

منذ صغري وأنا شغوف بالصيد، صيد الطيور أو صيد السمك، لا فرق عندي طالما هو صيد أمارسه على سبيل الهواية. وأذكر أنّ أبي المسن، كان يرغب أنْ يأكل ممّا أصطاد بشهية لا مثيل لها.

في طفولتي المبكرة منحتني شواطئ صيدا فرصة صيد الأسماك عند القلعة الرومانية أو في حوض الميناء، حيث ترسو قوارب الصيادين الصغيرة. وحينما انتقلنا إلى وادي الزينة على الطريق الساحلي باتجاه بيروت، كانت لي فرصة أنْ أصطاد هناك بشكل أكثر دراية وفهماً لأحوال الطقس مع السمك، أو كيف أختار الأمكنة والأجران الصخرية التي انصب بها صنارتي المتواضعة.

الصنارة التي برأس واحد نسميها هكذا مباشرة "صنارة"، أما الصنارة التي تنتهي بثلاثة رؤوس نسميها "غدّارة"، هل لأنها كانت تغدر بالسمك، لا أدري. أدواتي كانت بدائية، عبارة عن قصبة وخيط من النايلون لا يزيد عن ثلاثة أمتار ينتهي بالصنارة بعد أن نمرّره من فتحة أوجدناها في فلينة صغيرة نسميها "البلبل".

دور البلبل كان كالبوصلة التي تهديني إلى ما إذا علقت السمكة أم أنها قضمت العجينة التي حوّطت بها رأس الصنارة وابتعدت. إذا علقت السمكة يغطس البلبل في الماء، مشدوداً باتجاه سحب السمكة للخيط، وهنا عليّ أن أرفع القصبة بأقصى سرعة إلى أعلى لتخرج من الماء وهي

تتأرجح في الفضاء. وفي الأغلب تكون السمكة من النوع الذي يسميه أهل بيروت "مواسطة"، وفي صيدا يطلقون عيه اسم "عَقّيص" لأن هذا النوع من السمك له أشواك نافرة عند الظهر توخز أصابع من لا يجيد فكّ السمكة من الصنارة الملتقطة عادة من عند زعانفها. للوخزة آلام حادة كنا نعالجها بالتبوّل على مكان الألم المدمّى. وما كنا نعرف هذه الوصفة لولا هؤلاء الذين شاخوا في الصيد.

في "وادي الزينة" أيضاً رحت أركض خلف العصافير، وقد تجاوزت طفولتي إلى سنٍّ يافع يسمح لي أيضاً باصطياد الفتيات اللواتي يرغبن عادة في الرجل نحافته. لذا رحت أركض في البرية خلف العصافير قاصداً الصيد والنحافة.

استيقظ عند الفجر، وأنتعل حذاء أبي الكتاني، أمتشق البندقية، وأمضي نزولاً حتى الوادي. وفي هذه الأثناء أتحاشى أنْ أطلق أي طلقة لقربي من المنازل النائمة. ومن قلب الوادي أبدأ الصعود نحو المطحنة ومن خلفها ينفتح المدى على الأرض الزراعية حتى كروم الزيتون فالخلاء الجبلي.

أجد نفسي معانقاً نسمات الصباح الأولى الصافية، وعند تلك الساعة تكون الطيور في مهرجان الاستيقاظ، تطير في فضاء يتلمّس النور. من الخسارة أنْ أطلق على دوري واحد، لذلك كنت أتحيّن الفرص في أن تصطف العصافير في رفّ متقارب لأبعث إليه طلقتي فيتهاوى أرضاً عديد من الدوري المصري أو المحلي لأقول أنّ الطلقة قد جاءت بثمنها. على أن الدوري الذي يبدو في مستوطناته لم يكن هدفي، بل كنت أبحث عن طيور "الفرّي" الراقدة في الأحواض المزروعة بمختلف البقول، أو

أبحث عن "الحجل" المختبئ بين أغصان الزيتون وأحياناً يحجل بين الصخور مع طيور" السُّمَّن".

تكون أشعة الشمس قد دبّت بها الحرارة حين أعود إلى البيت عند الثامنة ويكون أهلي قد استيقظوا، إلا أنّ أبي كعادته كلما خرجت للصيد يرفض تناول طعام الفطور. يجلس على الشرفة يترقب عودتي من خلف جلالي الكروم.، ليشاركني بعد قليل طيوري المقلّاة والمحمّرة بعظامها.

لم تمنعني الوظيفة أنْ أكفّ عن ممارسة هوايتي، لذلك حين انتقلت للسكن في بيروت لأواظب على عملي كمحاسب في إحدى الشركات العقارية، كانت قصبة وثياب الصيد دائماً في صندوق سيارتي. ما أن ينتهي دوامي في العمل حتى أجدني عند شاطئ البحر بين صخور "الروشة" أنصب صنارتي وأنتظر أنْ تغمز لي سمكة "المواسطة" الكبيرة هنا ولها رائحة حشائش البحر وسحر بيروت اللامتناهي.

***

أول ما وطأت قدماي أرض السويد وبصري وقع على الخلجان المترامية بجمالية لامتناهية، عرفت أنّ البحار والبحيرات قد وعدتني بأسماك لا أعرفها. تعيش هنا بالحلو والمالح منذ أنْ انكفأت المياه، وكانت السويد جنة أرضية انبثقت من قلب الغمر الأزلي.

كنت ما زلت بأدواتي البدائية حين وردت أول بحيرة قريبة من مكان سكني وسط البلاد. القصبة والخيط والصنارة والبلبل، مع تغيير في

٧

نوعية الطُّعم. عجينة الخبز هنا لا تستسيغها أسماك المياه الحلوة، دلّني صاحب محل بيع أدوات الصيد إلى الدود. دود أبيض صغير لا يبعث إلى التقزز في علب بلاستيكية يعيش على نشارة الأخشاب. قال البائع وهو يقدم لي العلبة التي تناولها من الثلاجة، هذا ما يناسبك، فقلت أريد ما يناسب الأسماك.

أسماك كبيرة يصل وزنها إلى كيلوين من الغرامات هذه التي تعْلق في صنارتي، لم يكن لي عهد بها من قبل، وكنت أصارعها حتى تستقر أمامي وهي تتخبط على الأرض.

"غوس" اسم هذا السمك، يقول لي العجوز السويدي الذي يصطاد بجانبي. وبعد قليل أصطاد سمكة ملونة تبدو أقل حجماً، فيقول: هذه "أبّوري". حتى حفظت بفترة قصيرة أسماء كل أنواع الأسماك التي تعيش في أعماق المياه الحلوة. وكانت الأسماء باللغة السويدية، هذه "يدّي" وتلك "رودنغ"، أما تلك المرقطة فهي "فوريل" وهذه الحمراء "مورت".

ليس لكلّ أسماك البحيرات طعماً لذيذاً، فهناك أنواع تبعث إلى الغثيان. ومع الوقت بتّ أعرف ما يناسب منها شهيتي. أما تلك التي تصيبني بالغثيان كنت أهديها لجيراني الصوماليين الذين أراهم يأكلون منها بشهية.

ظلت رائحة البحر تشدني، وظلت منارات السواحل تومئ لي بأنّ الألفة هناك في المدن الساحلية. فانتقلت إلى الجنوب، حيث مدينة صغيرة تشبه صيدا التي فتحت عيوني عند شواطئها. وكأنّ الأمكنة تتلبّسنا

وتتغلغل فينا، ولا نعود نشعر بألفة الحياة إلا بالعيش في ربوعها، وحين نفتقدها نبحث عما يشبهها لكي تسترد هيئاتنا صورة الأوطان الأولى.

خجلت من أدواتي البدائية عند البحر، فهي بكلّ المقاييس غير صالحة للصيد ولا حتى بأيدي الأطفال. أنهم يستعملون هنا "البكر" بحيث يلتف عليه الخيط، وإذا ما أفلته الصياد إلى الماء في رمية دقيقة فأنه قد يصل إلى أكثر من مئتي متر. هنا الصيد له تقنية يلزمها فن وتجربة بأصول استعمال القصبة والبكر. هنا الأمر يلزمه تحكم بالأدوات ولا يُترك للصدف. سألت نفسي بادئ الأمر إنْ كنت أستطيع على هذا الابتكار، كيف سأرمي الخيط إلى أبعد مدى في عرض البحر، كيف سأشعر بالسمكة إنْ علقت، وكيف يتم سحبها نحو اليابسة دون أنْ تقطع الخيط وتفلت.

لم أجد حرجاً وأنا أسأل عن المستلزمات من الأدوات التي تناسب الصيد هنا، اندهشت حين علمت أنّ الطُّعم لا يُستعمل إلا في حالات نادرة ولأنواع معينة من السمك. وما الطُّعم سوى قطعة من القصدير جُسدت على هيئة سمكة صغيرة تزن من عشرين غراماً إلى مئة من الغرامات يحددها الصياد حسب قوة الريح. تختلف قطع القصدير بأشكالها وطلاء ألوانها لتبدو مغرية. ولكل نوع من السمك شكل ولون يشده ويغريه. وكانت الأشكال تنتهي عادة بما كنّا نسميه في صيدا "الغدارة" أي بثلاثة رؤوس مروّسة وحادة.

وبدأت أتعلم، أضحك على نفسي قبل أنْ يضحك عليّ الآخرون، حين كنت أهمّ برمي الخيط المثقل بسمكة القصدير إلى عرض البحر،

فيسقط أمامي لأنني نسيت أنْ أفكّ "عتلة" الأمان للبَكر، أو نسيت أنْ أرفع أصبعي وأرخي الخيط حالما أهمّ بالرمي. الرمية الصحيحة هي التي تُطيّر الخيط بقوة ليندفع إلى الأمام وثم يحط في الماء على بُعد عشرات الأمتار، رأس القصبة الرفيع يأخذ مكان البلبل ويعطي الشعور للصياد بأنّ سمكة علقت، والإحساس إن هي صغيرة أم كبيرة.

كان على الصياد دائماً أنْ يحرك القصبة إلى الوراء نحو وجهه أو كتفه، ويلف بالبكر ليعود الخيط إلى وضعه في البكر دون أنْ يتعقّد، لأنّ أي عقدة في الخيط يعني أنه ما عاد صالحاً للاستعمال.

صيد الليل هنا أوفر حظاً من صيد النهار، إذا كان الوقت صيفاً، وفي الشتاء صيد النهار إذا كان خالياً من الصقيع والعواصف.

وفرة الأسماك في هذا البحر الداكن جعلتني أنْ ألتهم منها حتى التخمة، وكم كنت أتمنى لو والدي يشاركني هذه الولائم كما كان يفعل في الوطن. "تورشك"، "فلوندرا" و "سيل" هي الشائعة في الأعماق الباردة. وعندما تداهمها الحرارة في آخر نيسان يأتي "أبو منقار" السمكة الطويلة كالثعبان ولها منقار طويل كالطيور الجارحة. تضع بيوضها ثم تعاود هجرتها نحو الشمال. وكأنّ الهجرة ليست حكرا على بني آدم، أو ربما تعلم الإنسان من هذه الكائنات الهجرة والبحث الدائم عن الدفء والأمان.

****

في الحادي والثلاثين من آذار سنة ١٩٩٨، والغيوم تحجب شمس الشروق، كنت أقف على "السنسول" أعانق نسمات الصباح الباردة، مرتدياً الملابس القطنية والصوفية والفّعها بملابس من النايلون اتقاء من المطر فيما لو انهمر دون حسبان، واعتقادي بصيد وفير في هذا الوقت من الصباح، تبدده ساعات انتظاري دون أنْ أحظى بأي "نقة". وكنت قد بدأت أشعر بالملل عندما مال رأس القصبة فجأة إلى الأمام معلناً ارتطام السمكة القصديرية بشيء ثقيل، صخرة أو حشائش كثيفة أو ربما سمكة كبيرة. استجابة الخيط بليونة من جراء سحبي له أعطاني اليقين أخيراً بأنّ سمكة لها وزن هي التي تنقاد نحوي. وكانت كلما ارتقعت من الأعماق أحس بثقلها، فأضاعف همتي وأتشبث بالقصبة لئلا تطيح بها السمكة من بين يديّ جراء تخبطها من هوم الروح.

بانت السمكة أخيراً على وجهة الماء، مرقطة ولامعة بالرغم من الجو القاتم، تقترب وتحدق بوجهي، تتفوه وتتكلم. كنت لا أصدق أنّ الكائنات الأخرى تتكلم وتفهم وتفهم بعضها البعض، وأنّ يقيني الثابت أنّ اللغة هي من فعل الكائن البشري، دون سواه من المخلوقات. أما أنْ تتحدث سمكة في السويد اللغة العربية، ذلك ما حدث.

حدث وما اهتززت، وما فقدت وعيي. ولا أدعي أنني أملك قلباً صلباً حين كان ينبغي أنْ أفقد وعيي لسببين: حديث السمكة بلغة البشر، وما احتواه حديثها من نبأ قاس لو نقله إليّ أحد بني جنسي لأصبت بالصدمة للتو.

هكذا عَلِمْت من السمكة أنّ أبي قد مات، أو هو يموت في ذات اللحظة التي يتناهى فيها الخبر.

ما عادت بي رغبة لمتابعة الصيد، انتقلت غيوم السماء إلى نفسي. وضعت السمكة في كيس بلاستيكي وكنت ألمح في عينيها نظرة شفقة. وما زال فمها يتحرك كما خيّل إليّ على كلام غير مسموع. وقفلت عائداً إلى البيت.

كنت في حيرة من أمر هذه السمكة، وقد بدأ القلق يساورني وأنا أعدّ القهوة حينما رنّ جرس الهاتف. هرعت إليه مذعوراً لأسمع صوت أخي الأكبر من الطرف الآخر وفيه رنين الأسى وهو يبلغني عن وفاة الوالد قبل ساعة من الزمن.

الزمن ما عدت أشعر به، توقف عندما أعدت سماعة الهاتف، وبقيت جالساً بشرود والحزن يكبلني عن أي حركة. لم أدر كم مرّ من وقت وأنا على هذه الحال حينما تذكرت أمر السمكة، فقمت إليها أحررها من الكيس، فإذا بها تتخبط ثم تستقر وتعود إلى النطق: هل صدقتني الآن؟

الآن فقط أشعر أنني أنهض من غيبوبة حقيقية وأنا أعيد السمكة إلى الكيس وأمضي بها إلى البحر. إلى ذات المكان الذي اصطدتها منه، وجدتها محمّرة العينين وتبكي كبني آدم. وقبل أنْ يفلت مني وعيي مرة أخرى قذفت بها الماء. رأيتها تعطيني وجهها وتسبح على وجه الماء قبل أنْ تمضي في عومها إلى الأعماق. وكانت أعماقي مسكونة بما خُيّل لي جنازة أبي. أو هي الغيوم كانت تشكل تلك التجمهرات على شكل جنازة.

الشمس تتحرر من الغيوم وتسقط وئيدة على طرف السماء. السماء العالية هناك فوق الوطن البعيد، عند غروب يسقط في اللاقرار.

تقمّص

- أنا بريء.. بريء أيها السادة!

على هذا النحو وجدت نفسي أصرخ جزعاً، وأنا أشعر بقوة خفية تسحبني في عتمة الليل.

كان النوم يجافيني ورأسي ممتلئ بالوساوس وذاكرتي تستعيد ما جرى لي ظهيرة اليوم، حين طُرق باب غرفتي عند منتصف الليل تماماً مع دقات ساعة الجدار. ولما فتحت الباب مرعوباً من هذا الزائر، لم أر شيئاً أمامي.

فقدت توازني فاستندت على الباب، أتنشق نفساً عميقا لتعاودني حالة التماسك، وأدقق النظر في العتمة ولكن لا أرى شيئاً. ربما ما سمعته من طرق على الباب كان من تأثير الوساوس والخوف مما جرى ظهيرة اليوم. لحظتها أردت إغلاق الباب فسمعت صوتاً جهورياً جمّدني في مكاني.

- أنت متهم بالقتل.. والمطلوب منك المضي معنا بهدوء!

- لم أقتلها، هي ماتت بين يديّ فجأة، أنا بريء، بريء أيها السادة.

- تقول هذا في المحكمة.

- محكمة! من أنتم، إنني لا أراكم؟

- ليس مهماً أن ترانا، نحن نراك، اخرج معنا بهدوء ولا تتفوّه بما قلته لفتاتنا في الغابة كي تتجنب أذانا.

راحوا يسلكون بي طريق الغابة والليل يرخي ظلال عتمته الحالكة، وصوت نقيق الضفادع يخدش السكون، مع وقع أقدامهم وهي تدب بعنف وتصدر إيقاعا يشبه إيقاع مشية الجنود. لا أراهم، ولكن أحس بهم أمامي، حولي وخلفي. يستحثونني كلما تباطأت تحت أفكار تثقبني. كنت أفكر ما كنه هذه القوة التي انصاع إليها، فالذي يراني الآن كأنه يرى رجلاً يشبه الذاهب إلى حبل المشنقة. والعديد من المرات كانت قواي تنهار، ولا أشعر بنفسي إلا محمولاً بشكل عمودي وجسدي يتأرجح في الهواء.

وأسائل نفسي كيف تجري الأمور على هذا النحو الذي يؤدي إلى الجنون. وهل أنا في كابوس من تلك الكوابيس التي تنتابني كلما فكرت في أمر المستقبل. ولماذا يأخذوني في هذه الطريق التي لا أعرف سواها كطريق إلى الغابة، فطالما مشيتها مع حبيبتي ونحن نبذر الأحلام ونطفئ نار الشوق.

* فلاش باك ١

في الأسبوع الأخير كنت وإياها قد ضاعفنا لقاءاتنا. عند أول الطريق الترابي أنتظرها، ويكون بنيان المدينة قد تلاشى لتحلّ جلالي الكروم الممتدة، وسرعان ما تهجم أشجار الغابة وتأكل المساحات الشاسعة الملاصقة لمديننا الصغيرة. لم يكن انتظاري يطول، ربع ساعة وتأتي بجمالها الأخّاذ، أصطحبها إلى مخدعنا الشجري الذي كنت قد وضبته في أول لقاء لنا، وأهيل عليها ما في القلب من هيام وشوق. ثم نشرع في حديث

طويل عن المستقبل ونحن نمتصّ السكاكر التي لا تخلو حقيبتها منها. وإذا ما مالت الشمس للطرف الغربي من السماء وتكثفت ظلال الغابة، نعرف أنّ علينا الرحيل، فالعتمة تهجم مبكراً على الغابة.

***

كانوا تخطوا بي الجلالي، وبدأنا نوغل في الغابة. انتبهت إلى أنهم ما زالوا يحوطونني دون أن أراهم أو ألمسهم، لهم الطغيان الآسر عليّ الذي يجردني من كل قدرة على الدفاع عن نفسي. فالإيقاع العسكري وحده كفيل بزرع الرهبة في قلبي ليدق طبوله ويحدثني عن بؤس المصير.

برغم كل هذا الرعب الذي يخلخل كياني، ما زلت أتذكر كيف من اعتقدتها حبيبتي ماتت بين يدي، وليس هناك من شاهد واحد يشهد أنني لم افعل بها أي مكروه.

* فلاش باك ٢

وجدتها تلك الظهيرة تنتظرني في المكان المتفق عليه للقاءاتنا قبل أن نوغل سوياً في الغابة. جاءت قبلي على غير عادة. وجدتها جميلة أكثر من الجمال الذي أعرفه بها، ساحرة برائحتها، إلا أنّ الطيب اليوم كان أزكى ويتهدل خدراً في عروق النفس، فتطغى أحاسيس الرغبة.

في المخدع الشجري كان صوت دلالها أرقّ ما في الرقة من رنين، تتهادى أشجار الغابة على وقعه وتتمايل نشوانة برقص لم تشهده غابة. حتى إذا دسست يدي عند النهدين (هكذا أفتح أبواب اللذة، ولكل امرئ

مفاتيحه إلى الرغبات) وجدت المَلْمَس مختلفاً وكأنني ألمس أعشاباً. نظرت، رأيت شعراً كثيفاً، أصلحت جلستي ونظرت إلى الساقين، كان الشعر ذاته قد اكتسى به كل الجسد، فصرخت من رعبي بالبسملة "بسم الله الرحمن الرحيم". عندها، ارتجفت بين يدي كعصفور مذبوح إلى أنْ هممدت، وبرمشة عين اختفت من المكان.

لا أدري كم بقيت وحدي عارياً مغمياً عليّ، ولم أدر كيف عدت إلى غرفتي في المدينة. لم أشعر بنفسي إلا مستلقياً على الأريكة وأنفاسي تتقطع في لهات مرير. أحاول إصلاح نفسي وتهدئة روعي. وما كانت كل محاولاتي تفلح في أنْ تعيد نفسي إليّ. أقف أمام المرآة فلا أعرفني. أرى ظلاً بوجه شاحب وعينين جاحظتين، أسمع هذياناً لا أدري من أين يصدر، مني أو من المرآة. ربما بقيت على هذه الحال ساعات طويلة، حتى قرع الباب عند منتصف الليل تماماً لأواجه قوة خفية تتهمني بالقتل وتلزمني بمرافقتها إلى المحكمة.

***

هل في الغابة محكمة؟ على هذا النحو رحت أفكر، وأنا منساق في قلب الغابة. أنّ المصير المحتوم لقاتل هو الإعدام، هكذا هي قوانين الحياة البشرية، فكيف قانون الغابة؟

لربما هذه القوة التي لا أراها (لأمر يتعلق بي كما أعتقد حتى الآن) تسوقني إلى الإعدام الحتمي، فالفتاة ماتت بين يديّ وليس من أحد يشهد أنّ الموت وقع بفعل القضاء والقدر.. ولأفترض أنّ هؤلاء الخفيون لا يأمنون بالقضاء، هل عندئذ لا محال من إدانتي؟

١٦

كيف عرف هؤلاء بالحادث؟ ثم كيف هي اختفت، ليس من ميّت تناهى إلى سمعي أنْ اختفى بمجرد أنه مات. أنْ ذاب لأنه بات بلا روح، لكانت البشرية ارتاحت من مراسم الدفن وتكاليفها. ورحت أُعلل الأمر على أنّ هناك من يحيك لي مؤامرة تستهدف قواي العقلية، وما زالت مستمرة من خلال هؤلاء الخفيين الذين لا أعرف كيف وصلوا إلى بيتي الذي ليس على خارطة بلدية المدينة.

تتزاحم الأفكار والأسئلة، فتترك في رأسي صفيراً مثل صفير قطار سريع. فجأة، تلمع في رأسي فكرة الخلاص، تحدثني نفسي: "الغابة شاسعة وكثيفة، ماذا لو ركضت لعدة أمتار واختبأت في دغل، لربما خفتني العتمة وأضاعوني".

هكذا وجدتني أركض بكلّ ما لدي من قوة، تخيّلت نفسي وعلاً مجروحاً وسط هذه الأدغال والعتمة، يركض أمام صيادين شرسين أتوا من زمن ما قبل التاريخ؛ حين كان الإنسان يطاول شجرة سرو. ركضت مسافة طويلة وهذا ما يؤكده لهاثي، لكنهم كانوا يلازمونني كظلي، حركتهم وأصواتهم لم تبتعد قيد أنملة.

- لا بأس عليك أيها الشاب، لا تركض، نحن غير مستعجلين، لقد وصلنا، أمامنا أمتار معدودة.

حقاً، بعد أمتار أمروني بالتوقف والتعقل، وحدست أننا وسط الغابة. حيث في النهار لا سماء ولا شمس، فقط الظلال الكثيفة تتشابك وترمي على الأرض لون الغروب. سمعت تمتمات وبدني يرتجف، كان من تأثير

التمتمات أنْ انفتح جوف في الأرض والتمع منه ضوء يغشي الأبصار، عندئذ ما عدت أدري بنفسي إلا داخل الجوف.

**المحكمة*

كانت قاعة فسيحة عالية السقف، تشبه بموجوداتها المحكمة التي نعهدها فوق الأرض، لم أر تناسقا في أحجام الأشياء والكائنات التي تتحرك أمامي، منهم من كان قزماً وله نفس الخصائص التي للإنسان ومنهم من كان على هيئة غريبة عناصرها من إنسان وحيوان وتجمع متناقضات القبح والجمال، حتى أنّ أحدهم بالكاد تبيّنه خلف كتاب مفتوح على طاولة، وربما كان هذا هو قاضي المحكمة، تمتد أمامه لحية بيضاء تصل إلى الأرض اللامعة مروراً بالطاولة. كانوا رجالاً ونساء يحدقون بي باستغراب، وأنا منبهر بمشاهداتي فيما جسدي يهتز بما لا يليق بقامتي التي تبدو كمارد بينهم.

أحاول أنْ أصدق ما أنا فيه، تأتيني الدهشة مع تبلّد الأحاسيس لدي، أمرّ بحالات متناقضة في ذات اللحظة، فيما يكون جسمي يسحّ عرقاً وأحسّ بالبخار يطلع من رأسي، أشعر فجأة ببرودة تكزز أسناني. لم يكن من ضابط للأشياء هنا، ففيما يكون النور ساطعاً، تهبط فجأة على المكان عتمة قاتمة، ولا أعود أرى سوى قدح عيونهم وكأنها عيون القطط في الليل.

لحظات، ويعود الضوء أقوى مما سبق ويغشى عليّ. أستيقظ على اثنين يتخذان نفس طولي وهما يعالجانني بسائل له رائحة زهور منعشة،

١٨

يمسحان به وجهي برفق لأعود إلى ذعري الداخلي وسط سحب بخار ملونة تخرج من فسيفساء الجدران.

لا أدري كم مرّ من وقت وأنا داخل القفص، حين فجأة دق صاحب اللحية البيضاء الطويلة المطرقة على الطاولة وأعلن بدء الجلسة، وحينئذ تعود قدماي تصطكان ببعضهما، وأطلب من قواي الداخلية التماسك.

يصلني صوت القاضي كأنه من قاع بئر:

- أنت الآن في حضرتنا، فإذا كانت لديك نزعة عدوانية تجاهنا، أعلمك أننا الآن معصومون من كلّ أسلحتك ولا خوف علينا من كلامك الفتّاك. أحضرناك لتضع لجانب محكمتنا حيثيات جريمة قتل فتاتنا التي تتهمك المحكمة باقترافها. ولنرى إنْ تمّت عن سابق إصرار وترصد، أم كان مجرد حادث عارض وقع مصادفة بلا حسبان.

أردت أن أؤكد براءتي، غير أنني وجدت لساني معقوداً وأحس بالجفاف في حلقي، وكنت لا أجرؤ على طلب الماء. وكان يتابع:

- لقد عيّنا محامياً من جماعتنا للدفاع عنك، فنحن لا نبغي الظلم. والآن تقدم إلى وسط القاعة حيث الطاولة في الوسط واكشف الغطاء لترى.

تململت في مكاني مذهولا، وصوته عاد حازماً لأتقدم. تقدمت مرتجفاً ببطء العاجز فوق ساقين واهنتين.

- اكشف الغطاء ولا تخف

فعلت بحذر كمن يتوقع مفاجأة، طالعني وجه حبيبتي، رأيتها تنام كالملاك. حينئذ انفكّت عقدة لساني وصرخت منفعلا:

- أنها حبيبتي، كانت بين يديّ في الغابة واختفت بعد أنْ رأيت الشعر على جسدها، وأنا لا أعهدها بهذا المشهد.

- لا عليك أيها الشاب، أنزل الغطاء كله

كانت عارية تماماً وجسدها مكسو بشعر كثيف، عند النهد الأيسر، ربما مكان موضع كفي في المخدع الشجري حين صرخت "بسم الله الرحمن الرحيم" كان يخلو من الشعر لتحلّ حروق دكناء وتأخذ شكل كفي، صرخت ثانية:

- أردت مداعبتها، ولم أكن أحمل ناراً، إنني كنت أفتح باب الشهوة.

- هدئ من روعك، أنّ الميتة ليست فتاتك، بل ما تراه هو تجسد فتاتنا لحبيبتك، وهو الشكل الذي ظهر لك.

نظرت ناحية الصوت، فرأيت نفسي، الوجه وجهي، يعلو جسماً قزما ويرتدي جلباباً أسود، وقف خلف طاولة مواجهة لطاولة القاضي.

- وأنت من تكون؟ قلت

- أنا محامي الدفاع أيها الإنسي.

ربما أغمي عليّ لرؤية نفسي في هيئة المحامي القزم، وبعد ذلك لم أشعر بي إلا داخل القفص الخشبي مبللاً بالسائل الطيب وفي رأسي ينمو الوضوح.

بتّ جازماً الآن أنني في مملكة الجن، وأنّ الميتة ليست حبيبتي بل جنية تقمصت جسدها وانكشفت عليّ بهيئتها، تماما كما يفعل المحامي في هذه اللحظة من خلال تقمصه لي. فأذكر من حكايات جدتي حين كنا صغاراً أنّ الجن يتقمص الأرواح والأجساد، وبمقدوره أنْ يظهر للإنسان بهيئات مختلفة وبقوى خارقة، وأنّ الإنسان المؤمن إذا ذكر الله يخاف ويبتعد، ولكن ما لم أفهمه؛ لماذا هذه المُسجّية على الطاولة أصيبت بالحروق وماتت.

أفكر وتهف نفسي إلى سيجارة تحت تأثير القلق الذي يساورني، فالجنية ماتت بتأثير بسملتي. ولكن أطمئن نفسي بأنّ الأمور تجري حتى الآن في غاية اللطافة، ولم أر قساوة تبدر منهم سوى هذه الغرائب التي تتعلق أساساً بعالمهم. بل ورحت أقنع نفسي بأنّ المحكمة تجري على نحو ديمقراطي لا يقل حرية عن أفضل الحريات على الأرض.

مطرقة القاضي على الطاولة قطعت حبل أفكاري ثم صوته العميق:

- لا تخف أيها الشاب، لا نودّ لك مكروهاً، غايتنا إحقاق الحق حسب قوانيننا المتوارثة.. والآن نستمع إلى الشهود.

تقدمت فتاة تدلّ قسماتها على أنها في ريعان الشباب ولكنها تبدو في غاية القباحة، شعرها الفاحم يسترسل خلفها على الأرض. وقفت خلف حاجز ما بين كراسي الحضور وطاولة القاضي والمستشارين. ومن دون مقدمات قالت:

- كانت صديقتي؛ وكما جرت العادة عند ظهيرة الشمس الحمراء من كل يوم كنّا نخرج للتنزه على السطح حيث كثافة الأشجار وقدم الإنس قليلة

في تلك الساعات، حتى بدأ هذا الإنسي يتردد إلى المكان مع إنسية لم أحبّ رائحتها، فأنها كانت تصيبني بالغثيان. بدا لي الأمر لأول مرة أنه عارض ويزول، لكنه تكرر في الأيام التالية. وفي كل مرة كانت صديقتي تحدثني عن إعجابها بالإنسي، وأثناءها أرى الرغبة تنقط من عينيها، فلم أعر كلامها أي اهتمام، لأنني قررت الاختفاء والكفّ عن الظهور في المكان تجنباً لحالات الغثيان التي تولدها رائحة الإنسية في نفسي.

أنهت شهادتها وعادت إلى مقعدها، لتتقدم عجوز دون استدعائها (وكأنّ كل شيء مرتب مسبقا)، تبدو على وجها قسمات جمال أخاذة، شعرت بسحرها رغم ورطتي. وقفت حيث كانت تقف الشاهدة الأولى. وفي الأثناء كان القاضي يمطّ ويتطاول كما حبل، حتى إذا ما طاولت يداه رف الكتب الفخمة يتناول واحداً، ويعود يتضاءل حتى يستقر ويخفيه الكتاب عني. قالت العجوز الجميلة:

- كما تعلمون أنني أصعد في ذلك الوقت بحثاً عن الأعشاب من أجل أدويتي، وكانت هناك منذ اليوم الأول، وحين تتركها صاحبتها تقف خلف شجرة وتدعك نفسها وهي تراقب الإنسي وهو منهمك في مداعبة الإنسية. كنت كل مرة أنهيها وأحذرها، أقول لها لا يليق ما تفعلينه على نية جنس غريب، فلا تكترث، وتتابع بما هي فيه من غيّ وعبث، حتى كان يوم التجسّد بالإنسية، قاومتها لأجل أنْ تعود إلى طبيعتها، استعملتُ كلّ سحري لكنها غلبتني، فإنّ رغبتها كانت أحرق من نار هربتْ لملاقاة الإنسي وساقاي في الهواء من فداحة العار.

سكتت العجوز الجميلة ومضت إلى مقعدها، فتقدم شاب له بشرة صفراء، يحمل في رأسه قرنين أسودين. ومن مكان الشهود قال:

- كنت أحبها وهي تصدني، ولا أفهم كيف لا ترغبني حين أنّ كلّ مجايلينا يشكلون أزواجاً. كانوا يقولون لي أنه من الضرورة أنْ أفرض نفسي عليها، ولم أتمكن حتى اكتشفت سرها. كانت مسحورة بتأثير من هذا الأنسي، كان يحضر إلى الغابة من أجل إغوائها، وحين نال منها أهلكها بكلامه المدمر، أطلب له أشدّ العقاب يا حضرة القاضي.

كنت وبين كلّ كلمة ينطقها أبو القرنين أرى لهباً يخرج من فيه. وحين أنتهى دبّت في القاعة حالة من الهرج والمرج، يرطنون بما لا أفهم، وكنت مذهولاً مما سمعته من الشهود، حتى طرق القاضي مطرقته وسكت الجميع، فقال القاضي:

- ما قول محامي الدفاع؟

فانبرى من يتخذ هيئتي ليقول: ليس من شأن للإنسي بما جرى لفتاتنا، أنّ تحديها للقوانين الموضوعة لهذا الكوكب وشبقها الناري لجنس آخر هما ما قضيا عليها، لذلك أطلب إخلاء سبيل هذا الشاب والعودة إلى حريته وأهله.

هرج ومرج، والقاضي ومطرقته.

- الحكم بعد المداولة.

وفي هذه اللحظات المصيرية كنت وسط البخار الملوّن الطالع من عروق الأرض والجدران وأنفاسي محبوسة داخلي ولا أطيق، حتى سمعت صوت المطرقة من جديد يعقبه الصوت العميق:

- حكمنا ببراءة الإنسي، وعلى القطط السوداء إعادته إلى سطح الأرض بعيداً عن الغابة.

ولم أشعر بنفسي إلا خارج الجوف، أطوف في شوارع المدينة غير تائب أبحث عن حبيبتي.

اكتمال القمر

ثمّة دم غزير وسط ضوء مشع يغشي الأبصار، في مكان يبدو لي وكأنه قُمرة بلورية معلقة في فضاء متمدد ومتطاول في المدى اللامتناهي. الدماء تُرشق رشقا من كل الجهات فتتلطخ الوجوه حتى لا يعود يُستدل على من القاتل ومن القتيل. الجميع يتصرف بما يمليه عليه دوره وكأن الضوء الضارب للمكان مصدره شياطين تتسرب الى الأجساد وتحدد من يكون السفاح ومن تكون الضحية.

كنت ضحية بين الضحايا، أعضاؤنا تصطك من الرعب، وأصوات صراخنا بالكاد أحد يسمعها أو يعيرها اهتماما، كأنها تخرج هامسة أمام قهقهات القتلة التي تزلزل المكان.

أشاهد أختي الكبرى بينهم وبطنها أمامها، تتحرك بينهم كأنها تنتمي إليهم ثم تجلس في حضن أحدهم وتقبّله برضى وسعادة.

كنت أقف في جهة أخرى وسط طابور للبنات ننتظر دورنا في الاغتصاب والذبح. بعض البنات يغمى عليهن من الخوف فيأتون أليهن بسطل من الدماء يرشقون بها وجوهن حتى يعدن إلى وعيهن.

لا تختلف أوصافهم عن أوصاف الهمجيين الذين قرأنا عنهم في كتب التاريخ. لحاهم كثّة وطويلة تأكل وجوههم، يعتمرون خوذات معدنية يتوسطها نتوء صاعد يشبه عُرف الديك. بأيديهم سواطير وسيوف

ورماح وآلات حادة أخرى، يجزّون أو يدقون بها الرؤوس، والرؤوس تتطاير وتتدحرج، والدماء تتدفق في كل الجهات.

حشود بشرية مكدسة هنا ولا أحد يعرف أحدا. أختي لا تراني وهي في حالة انسجام بالاستئناس مع حامل السيف، وانا أنادي وألوّح لها بلا انقطاع لعلها تسمعني أو تراني، لتفتح لي السبيل إلى باب أستطيع الخروج منه وأنا محتفظة برأسي وكامل أعضائي إلى مكان طاهر لم يمْسَسُه دم. لكن كان كأنّ الكون قد أطبق على هذه الحتمية المتجسدة في رؤياي، مرة كقيامة ومرة أخرى كولادة. برهانها هذا الدم المتواصل.

كان دوري قد حان وأصبحت أمام الطاولة التي يجزّون عليها الرؤوس، وكأنني مسيّرة من قوة غامضة أضع رأسي على حديد مثبّت بالطاولة، ربما هو المقصلة الموصوفة في كتب التاريخ بانتظار السيف أنْ ينزل الى رقبتي، لكن في تلك اللحظة أستعيد صوتي الذي اختنقت به، الرعب يستحثني لأن أصرخ من أعماقي بكل قدرة لي على الصراخ، ولكنه يظل محبوسا في داخلي لأنني لا أرى أحد من أهلي يهرع اليّ.

دبيب الوعي يلامس روحي ويمسح خلاياي بيقظة ضئيلة، حتى اكتشف نفسي ممددّة على سريري ورأسي ما زال على المخدة الناعمة.

***

أحكي كابوسي لبنات صفّي، بعدما حكيْن هُنّ أحلامهنّ بطلب من المعلمة التي طلبت من كل تلميذة أن تحكي عن حلم رأته في المنام.

٢٦

ما أن انتهيت حتى اقتربت مني المعلمة تربّت على كتفي وتمسح على رأسي وهي تظهر التعاطف. أرى الذهول والخوف على وجوه زميلاتي.

تقول المعلمة لي والكلام لكلّ الفتيات:

- عندما تضعنَ رؤوسكنّ على الوسائد طلباً للنوم، اقرأن المعوّذات وآية الكرسي فهي تبعد الخواطر السيئة وتدفع عنكنّ الشرور.

***

قرأت المعوّذات الثلاث التي أحفظها عن ظهر قلب، وقرأت آية الكرسي التي اجتهدت على حفظها طيلة بقية النهار بالرغم من التوعّك المفاجئ الذي أصابني وزرع فيّ عدم الارتياح، فأنا منذ المساء أشعر بانقباض في نفسي يعكّر مزاجي، رأسي ثقيل ودوار خفيف يتلاعب فيه. كأن في أسفل بطني ثعبان يتلوّى فأشعر بآلام مغص شديدة.

أقرأ وأُكرر لعدة مرات حتى يأخذني النعاس. فيطالعني الدم، يطالعني نفس الكابوس بوجوهه الهمجية. كأن الأحداث في شريط مصوّر تبدأ بالتجسّد في رمشه الإغماضة التي هي علامة الدخول في النوم.

أرى بطن أختي ما عاد أمامها ليحل بين يديها طفل في قماط يشرشر دما.

كان صراخي هذه المرة حقيقيا، بدليل وجود والديّ في غرفتي. أبي عند رأسي يتمتم أبي ببعض الآيات القرآنية، وأمي تقف بمقابلي وهي تبتسم بوجهي. تغيظني ابتساماتها التي لا أفهم من أين تأتي بها أمام حالتي المزرية، كيف لا تجزع عليّ، كيف لا تقلق من فزعي. كيف صراخ الخوف

الذي أطلقته في نومي وجاء بها مع أبي إلى غرفتي في هذه الساعة من الليل، كيف لا يحرّك خوفها علّي؟ الأمور تلتبس علّي وكأن والديّ جزء من هذا الكابوس.

تطلب أمي من أبي الخروج من الغرفة، فيخرج منصاعاً لطلبها. تقترب وتجلس على طرف السرير وهي تتأمل وجهي والبسمة لا تفارق محياها. تمسك بطرف الشرشف وتسحبه من تحتي، كان ملطخا ببقعة من الدم. أردت أنْ أصرخ ثانية لرؤية دماً حقيقيا في فراشي، إلا أنّ أمي ضَغَطَتْ بكفّها على فمي وأمرتني بالسكوت. وعادت إلى الابتسام ثانية فيما أنا ما زلت مسكونة برعشات الخوف.

- أنت الآن صرت امرأة ناضجة!

لم أفهم كيف أكون ناضجة، فالنضوج للفاكهة. كنا كلما حاولنا أول الصيف قطف عناقيد العنب من دالية دارنا، ينهنا أبي قائلاً:

- اتركوها على أمها حتى تنضج.

فأرمي السؤال بوجه أمي ببراءة الطفلة التي تكتسحني:

- كيف أكون ناضجة كالفاكهة؟

تتوسّع الابتسامات في وجه أمي، توزعها هذه المرة ما بين وجهي وبين النافذة المطلة على الليل والسماء المزركشة بالنجوم.

ألتفتْ بتلقائية إلى النافذة حيث أمي تنظر، فأرى القمر شاخصاً في كبد السماء وهو بتمام الكمال وحوله النجوم وكأنها به تتجلى، حينئذ يتناهى

إلى سمعي عواء ذئاب تجوب شوارع المدينة، لا أدري إنْ كان ذلك محض تهيؤات أم حقيقة، عواء ظلَّ يعلو ويخفت حتى طلوع الفجر بإيقاع منظّم يشبه الغناء.

يوم شاق

كان ينبغي أنْ أزور قريتنا صباح اليوم لمعاودة أمي المريضة.

كان ينبغي أنْ أذهب لملاقاة فتاتي التي حددت لي موعداً في مكاننا المعتاد بالمقهى.

كان ينبغي زيارة طبيب الأسنان حسب موعد مسبق.

كان ينبغي أنْ أذهب لدائرة حكومية لتصحيح أخطاء وقعت في تجديد هويتي الشخصية.

كان ينبغي أنْ اذهب للمشفى لمعاودة صديق. وزيارة صديق آخر لتهنئته بعقد قرانه.

كان ينبغي أنْ أذهب إلى شاطئ البحر هرباً من شدة حرارة شمس اليوم.

هل ذكرت بأني عاطل عن العمل وكان ينبغي أنْ أذهب إلى مكتب الشركة التي تقدمت لديها بطلب وظيفة لإجراء مقابلة شخصية.

دوار... كان ينبغي أن أحمي رأسي من هذا الدوار.

لمن تزقزق الطيور؟

تقع غرفتي الصغيرة بين الغرفتين الأكبرين، غرفة أمي الشّرِحَة وغرفة أبي التي كانت مخصصة لضيوفنا المقرّبين وبالذات لجدي وجدتي المعتادَيْن على زيارتنا لعدة أيام، ثم جعلها له بعدما ترك غرفة أمي.

فيما سبق حينما كنت أتسلّل عند أوقات القيلولة إلى الغرفة الشرحة وفيها أبي وأمي، وأدسّ نفسي بينهما في السرير، كنت أشعر بأنني أملك سعادة الدنيا كلها من خلال السَّهمَيْن اللذَيْن يخترقانني. سهم الحنان من لمسات أمي وسهم الطيبة من مسحات أبي على رأسي.

بين الحنان والطيبة كانت تركض بي الدنيا.. براءتي تمنحني أنْ أعتقد بأنني أمير مدلل تنبسط له الحياة، وله وحده تزقزق الطيور.

كان إنْ أخذني أبي إلى القمر، تناكفه أمي وتأخذني في اليوم التالي إلى الشمس. حقيقة الأمر أنهما كانا يتسابقان إلى تحقيق سعادتي.

والقمر والشمس ما هما إلا اسمان لمدينتيْ ملاهي في مدينتنا المترامية. ولم يكن يقتصر الأمر على ذلك فقط، إذ إنّ جدّاي سيمرّان في يوم آخر لاصطحابي الى "أورانوس" في إحدى الضواحي البعيدة.

ومن حين لآخر كان جدي يأتي دون جدتي ليأخذني إلى مطاعم بَحْريّة اعتدنا أنا وإياه على ارتيادها وهي من تلك المتخصصة بتقديم وجبات السمك التي أشتهيها، وأحيانا تحت إلحاحي كان يذعن لطلبي بأن

يصطحبني إلى مطاعم "الهامبرغر" التي يمقتها.

في كل مرة كان يقول جدي: تعال نذهب لنروّح عن نفسينا. ولم أكن افهم ماذا يقصد أو ما بال نفسه، وما هو الشيء الذي يريد أن يروّحه عنها.. لكنني أراه في كل مرة أكون معه دون جدتي ساهماٍ إلى البعيد من خلال زجاج المطعم يتنهد بين الفينة والأخرى ولا يلتفت الى الطعام.

****

ألهو في حديقة منزلنا، والخريف يرسم الاصفرار على مكوّنات الحديقة ويأتي بنسمات باردة. إلا أن بعض دفءٍ كان ما يزال في الأجواء، وهو ربما ما نساه الصيف خلفه وقت الرحيل.

أراقب غيمة سوداء تقترب من بعيد، وكلما اقتربت ناحية منزلنا تحطّ على الأرض ظلال قاتمة. تحت تأثيرها اشعر بانقباض في نفسي، وأنها تخترقني وتتغلغل بي بما يساورني القلق. كنت صغيراً على القلق لكن ها هو يأتيني فجأة وبدفعة واحدة.

الغيمة السوداء تتوقف فوق منزلنا، تتوقف ولا تعود تتحرك. في الأثناء أسمع اصطفاق أبواب تأتي من داخل المنزل، حيث والدايّ يقضيان في هذا الوقت قيلولة ما بعد منتصف النهار.

الغيمة تبدو ثابتة فوق منزلنا وكأنها مثبّتة بأعمدة من هواء، يصلني صراخ أمي وأبي وأصوات تكسير للزجاج، ربما صحون وأشياء أخرى تتحطم. إنهما يتشاجران في الداخل فيما أنا في الخارج انفجر بالبكاء وسط عتمة

كثيفة صنعتها الغيمة وكحّلت روحي.

حين دخلت المنزل بعد وقت قصير، شاهدت آثار المعركة، حطام وتناثر. لكن آثار الحطام في نفسي كانت أعظم مما أراه حولي.

دخلت الغرفة الشّرحة فوجدت أمي وحدها وقد حاولت أنْ تمسح دموعها فور أنْ أحست بحضوري. أدارت لي ظهرها وطلبت منّي الخروج برغبة لأن تكون وحيدة.

روحي تتكسر مثل الزجاج، فأذهب أتفقّد أبي في الغرفة الأخرى، أراه ممدداً على السرير، وقد غابت من عينيه النظرة الحانية وحلّت محلها نظرة جامدة لم أرَها في عينيه طيلة حياتي. حدجني ثم زجرني لأنْ اذهب إلى غرفتي.

في غرفتي أشعر أنَّ العالم ينهار.

***

أنقطع عن مدرستي ولا أحد يسألني، أتقوقع داخل الغرفة وسط عالم والدايّ المجنون، ولا اخرج إلا تسللاً إلى المرحاض أو المطبخ لعلني أجد شيئا أسدّ به جوعي.

أصحو على صياح أمي في الليل، ولا أجرؤ الاقتراب من غرفتها. صرت اشعر بالخوف يتملّكني، فأطمر وجهي تحت الغطاء، واكتشف كل صباح بأنني متبوّل في ثيابي.

هذا الصباح قررت اقتحام غرفتيهما، أريد وضع نهاية لهذه النار التي تشتعل في منزلنا.. أدخل أولاً غرفة أمي، أراها وكأنني أرى امرأة غريبة بشعر منفوش وعينين غائرتين فيهما نظرات ممتلئة بالحزن والخوف والريبة. ترتاب أمي بي، تلوّح بوجهي بسكين المطبخ وتطلب مني الخروج من مملكة جنونها فورا.

لم اذهب من فوري إلى غرفة أبي، خرجت إلى حديقة المنزل هَلِعاً وبسبب دموعي السّاحة لا أرى أمامي. أرى خيالات قاتمة والأرض تميد تحت قدميّ.

انتبهت إلى أنّ الغيمة السوداء ما زالت واقفة فوق المنزل. أراقبها فأراها تتقلب بتشكيلاتها الآخذة أشكال وحوش تكشف عن أسنانها. كنت من قبل قد شاهدت مثيلاتها في أفلام الكرتون. مكثت هناك إلى ما قبل المغيب، وانا أبكي بحرقة وبلا انقطاع حتى ارتوَت شجرة السرو العالية.

قبل الدخول إلى غرفتي مررت بغرفة أبي، كان لا يزال ممددا كأنه لم يبرح مكانه، نظراته حادة كأنها لرجل آخر لا أعرفه. انتبهت إلى أنّ ذقنه قد نبتت في وجهه فأعطته ملامح قاسية. يحملق بي فأرتعد وأحسُّ بجفاف اللعاب في حلقي، ألمح بيده موسى الحلاقة الحاد فأنقلب مرتعداً الى الخلف، أعدو نحو غرفتي، ومن الداخل أوصد الباب ورائي.. ثم أطمر نفسي تحت الغطاء حتى الصباح.

***

عجلات دراجتي تنهب إسفلت الشارع، وأنا أقودها الى بيت جدي

وجدتي اللذيْن قرّرت أن التجئ إليهما وأشكو والديّ، أو لعلّني أجد في منزلهما رعاية واهتماما افتقدتهما. كنت أحتاج إلى الأمان وإلى شيء من الحنان أسترد بهما طفولتي المهدورة في شجارات والديّ.

أمام بوابة المنزل أطلقت صوت جرس الدراجة، حيث كانا كلما سمعاها يخرج واحد منهما باشّاً لاستقبالي. انتظر قليلا كما هي العادة ولكن هذه المرة لم يخرج اليّ أحد.

أركن الدراجة، واقترب من الباب، أقرعه ولا يأتيني أي صوت من الداخل. ولكنّ سرعان ما أكتشف أنهما نسيا إغلاق الباب بالمفتاح، أخطو الى الداخل وسط صمتٍ مُطبق على الأرجاء وأنا أنادي لأشعرهما بوجودي، يأتيني صوتهما بنفس الوقت من داخل الغرف المُغلقة، كل صوت من ناحية يطلبان مني العودة في وقت آخر.

كأنني تعوّدت على الغرف المغلقة، لذلك لم أشعر بكراهية تجاه جدّي ولا حتى تجاه والديّ، ولا تجاه أي أحد. كلّ ما شعرت به وأنا في طريق العودة إلى البيت، هو أنني قرّرت أنْ أكون رجلاً قبل الأوان يعمل لفض الاشتباكات، ولاستتباب الأمن والسلام بين أفراد عائلتي.

***

أحضر شفرة من شفرات أبي وألوذ بها في غرفتي. أترك الباب مردوداً من دون إغلاقه من الداخل كي يصل اليّ والديّ في الوقت المناسب.. بيدين مرتجفتين أجرح رسغي فينفر الدم وأصيح من الألم. لا أحتاج إلى أكثر من برهة حتى يكون والديّ في غرفتي، وأنا برغم كل آلامي وفزعي من رؤية

الدم وقبل أنْ أغيب عن الوعي كنت أستطيع قراءة خوفهما عليّ، حيرتهما وتخبّطهما بكيفية تقديم الإسعافات اليّ.

أصحو على نفسي في غرفة بالمستشفى وضمادة ملفوفة عند رسغي المجروح، يحوطني جدّايَ ووالديّ كلٌّ من جهة، أرى كل أفراد العائلة قد التمّوا في هذه اللحظة تحت سقف واحد. البسمات والقبلات تنهال على وجهي، أشعر وكأنني أسبح في بحيرة من الحنان.

يدخل الطبيب بالنبأ السار عن حالتي ويعلن بأنني تجاوزت مرحلة الخطر، أسمع همهمات تعبر عن السعادة بسلامتي. يسحب أبي يد أمي ويأخذها إلى زاوية مواربة خلف ستارة، وحدي أستطيع أنْ أراهما كيف يتحاضنان وهما يكفكفان دمع بعضهما. وتخيلت جدّايَ سيكرران نفس المشهد عاجلا أم آجلا حينما تسنح لهما الفرصة.

بعد خروجي من المستشفى بأيام، كنت أشعر باسترداد طفولتي وبعودة عالمي الجميل بين أحضان والديّ وزيارات جدّاي اليومية وبقية الأقرباء الذين يتوافدون إلى بيتنا بعد انقطاع طويل، رحت أبحث في نفسي عن أثر للندم على إهراقي لدمي بفعلي الطائش، فلم أجد في روحي سوى بساتين من الغبطة، تسقيها دمائي التي أعادت السلام إلى بيتنا.

رنين في المقبرة

هالها اختفاء الشاهد تحت النبات الشوكي المتطاول والمتشابك على بعضه، لم تتوقع أنّ الوقت الذي مرّ منذ آخر زيارة يمكن أنْ يفعل بالنبات هذا التمدد وهذا النمو السريع. التفتت حولها فرأت شواهد القبور كلها تقريبا مغطاة بهذا النبات الغريب، كأنّ يداً آدمية بذرته لحكمة غير ظاهرة.

من غرفة حارس المقبرة الذي لا يبدو أنه في غرفته، جلبت مقص الأشجار، ودأبت على قص الأشواك وإزالتها من حول القبر، يوخز أصابعها الشوك وتدمع عيناها، لم تستطع التخلص من الوفاء له حتى وهي تعلم بأنه كان يخونها مع أعز صديقاتها. وحين ماتا سويّاً بحادث انقلاب سيارته وصار له قبراً ها هنا، لم تنقطع عن زيارته كما هي تفعل الآن.

يغلبها الوفاء، كانت كلما فكرت بقطع هذه الزيارات حين تتذكر خياناته لها ويقيم الألم أعراسه في مشاعرها تجد نفسها منسحقة بالوفاء له. قدماها تجدان طريقهما إلى المقبرة دون تخطيط أو قرار مسبق، ليرتاح ضميرها وهي تقوم برعاية قبره، ولأمل يظلُّ قابع في خاطرها في أنْ تلتقي روحها بروحه الهائمة.

كانت على وشك الانتهاء من قص الأشواك حين سمعت صوت رنين هاتف خلوي، فمدّت يدها إلى حقيبتها تتفقد هاتفها مع يقينها بأن نغمة

الرنين لا تخص هاتفها، ولكنها تفعل بتلقائية. هاتفها مطفأ والرنين يتكرر. تتلفت حولها لعلها ترى أحداً غيرها بين القبور، لكنَّ المقبرة دونها خالية من الأحياء. يصل إلى سمعها صوتٌ ذكوريٌ يردُّ على الهاتف.

- أهلا حبيبتي.. لقد اشتقت إليك.. لا يمنعني عنك إلا الشديد القوي.. واحة موتي أنت.. أنت ضياء قبري!

هل تهيّأ لها الصوت تحت تأثير تذكّر خياناته، هل جراحها ما زالت تنزف بالرغم من مرور سنوات عديدة؟

تصغي للصوت بانتباه شديد، الصوت حقيقي ويأتي من قاع عميق، إنها تعرف الصوت ولا يمكن أنْ تتوه عنه، إنه صوت زوجها الراقد تحت التراب، من أين للأموات هواتف خليوية!؟

هل ما زال على اتصال مع صديقتها المقبورة في مكان ما من هذه المقبرة نفسها؟ هل تُدفن الطبائع مع صاحبها؟ هل طبع الخيانة ما زال يسري في عروقهما اليابسة تحت التراب؟ ألا يفرض عالم الأموات طبائع جديدة تتناسب مع قانون الموت، أم أن قانون الموت يتساوى مع قانون الحياة؟ يكاد أنْ يغشى عليها تحت طفح الأسئلة.

كيف تظل على وفائها، وهو يخونها حتى تحت التراب؟ تحس أنّ رأسها سينفجر من الغرائب التي تواجهها، بصيص العقل ما زال يحثها على التفكير بأنّ ما يحدث لها ما هو إلا مجرد تهيؤات وأوهام تنتابها من شدة الآلام التي تركتها خياناته، ندوب لا تمحى من ذاكرتها، وها هي تنشط وتشتد عند قبره لتحيلها إلى الهذيان والجنون.

أسرابٌ من الغربان السود تطلق نعيقها وهي تحوم في فضاء المقبرة، والمرأة تدور حول القبر وقد طار غطاء رأسها فأنفلش شعرها يتطاير هو الآخر مع هبوب عاصفة مفاجِئة، ومن جديد يتناهى إليها الصوت القادم من الأعماق مقهقها، أحست به وكأنه يهزأ منها.

تتصدع المرأة، تشعر أنّ أشياء من نفسها تنخلع وتتساقط. رأت الغربان تتجمع فوق رأسها، فكرت بالهروب، وبلا تردد شرعت تحث خطاها باتجاه باب المقبرة، في الطريق وعند باب غرفة الحارس رأت عدّة الحفر، حملتها وعادت بها إلى القبر وهي تردد:

- سأقتلكما.. لا عيش مع الخيانة!

عندئذٍ لاحظت أنَّ الغربان عادت تتجمع فوق رأسها، ونعيقها يدوّي في أُذنيها، وسط النعيق كانت تستطيع أيضا أنْ تسمع قهقهات القبر تخرج من جديد مدوية مثل صوت الرعد.

تُكسّر بلاط الشاهد أولا، وهي تطلق صراخاً هستيرياً متواصلاً يملأ فضاء المقبرة. اللُهاث من صدرها يصدر كاصطفاف الرياح، والزبد يملأ فمها ويفيض، ضربات المِعْوِل في التراب تنزل قوية وثابتة كأن قوة ليستْ لها قد تلبست بها، قوة غريبة لا يملكها إنس فوق الأرض. تحفر المرأة بالقوة الغريبة، تحفر بلا تردد دون انقطاع. وصلت إلى قاع بدأت تظهر فيه جمجمة وبعض عظام، تناولتها ورمت بها فوق التراب وواصلت الحفر. ظلّت المرأة تحفر حتى مغيب الشمس، حتى العتمة الحالكة غمرت الحفرة، وما عاد من سبيل لتسرب ضوء، وعلى حين غرة انهار التراب عائداً إلى الحفرة، والمرأة بداخلها لا زالت تحفر.

الجنة

لم تُرق لي حياة الجنّة، لا طعامها ولا نساءها، وخصوصاً رفقة سكانها.

ملاك كان يقف بمواجهتي قرأ أفكاري فتقدم مني وسألني:

- ماذا تريد أيها الفتى بعدما فُزت بالجنّة بسبب أعمالك الصالحة التي تُرضي الله؟

قلت:

- أريد أنْ أعود إلى الأرض.. هناك موطني وحياتي، هناك مكان عملي وعبادتي.

فقال محتداً: كوكب الأرض.. إياك ذِكره بعد الآن، أنه بعد نقلكم إلى هنا صار جحيماً، ثم سوّاه الرحمن وما عاد منه أي أثر.

رغبة قمر

تبدو المدينة خلفهما كطبق نحاسي في هذا الوقت الذي يسبق الغروب بقليل. حين تأخذ أعالي البنايات والأشجار لون الشفق، والسهول تتمطى بتكاسل بعد انكسار حدة حرارة الشمس التي تكون أثناء النهار تشوي الأبدان وتحيل المدينة إلى أتون من القيظ والهجير.

الغابة أبعد تخوم المدينة، يمضيان إليها خلسة بعيداً عن العالم. هناك حيث الجسد يصير كالأشجار المسيّرة بقانون وحيد تمليه الطبيعة بلغة الريح، كي يغمر الخصب والاخضرار السفوح الجغرافية الممتدة الى المدينة، ليقول الناس: من هناك يأتي الهواء، ويشيرون إلى الغابة.

هو وهي في الهواء الطلق يلوذان بين الأشجار بعيدًا عن الأنظار. كانت أولى طبقات العتمة بدأت ترتسم فوق الأفياء والظلال، لتجثم على الغابة قتامة مبكّرة تبددها زقزقات الطيور التي تبدو في أوبتها الى أعشاشها، وكأنها في احتفال اعتادت عليه كل مساء. وكل مساء إلا ما ندر كانا يندسّان في حضن الغابة، يتمرغان على أعشابها الطرية المبللة بالندى.

وفي هذه الساعة تهيج روائح النباتات باعثة في النفس مشاعر مختلطة تؤنس الروح ليقظات تذيب أصفاد الجسد.

وحين تذوب الأصفاد تصهل المرأة كمهرة ويزأر الرجل كأسد. وربما

تحولت هي فعلا إلى مهرة وانقلب هو إلى أسد، طالما أنّ الغابة تفرض قانونها وتكوينها على باقي المجسدات.

كان يجمعهما شعور مشترك، هو يشعر في داخله كم هي مبالغة في أنوثتها. امرأة من لهب لا يطفأها القليل من المطر. وتشعر هي كم يبالغ برجولته، رجل من براكين لا يهدأ أتونها إلا لتتفجّر على غفلة كتلاً لهبية تنتشر حامية حتى تسخن طبقات الفضاء. وتسخن الأنهار والبحار، ويجنُّ الورد بحمى أريجه.

يتكاملان، وتكملهما الغابة الصنوبرية المرتعشة على إيقاع ارتعاشهما. وتروح أشجارها تبعث نسائم ناعمة يمتد مجالها إلى فضاء المدينة المسترخية في تلذذ. وكأن هذا النسيم آخر ما تحتاج إليه الكينونة لتسترد أرواحاً انصهرت وراحت في غيبوبة لأزمان ضوئية.

***

السكون يلف جنبات الاخضرار الغامق. كانت الطيور قد سكنت عن حراكها وصمتت عن زقزقاتها، عند هدوء الجسدين اللذين يبدوان تحت هالة ضوئية. تظلم الأرجاء إلا في المساحة التي تمددا عليها. تضع رأسها على صدره فينفلش شعرها الطويل وتروح أصابعه تعبث بذلك الدفق الناعم، وكأنه شلّال يسري بجاذبية الانحدار. سحر تطرحه الأدغال بحلم شعاعي يزخرفه السكون الذي يشي باحتمالات الفتنة والغواية.

إنها غابتهما، عالم من اللذة يفصح عن ذاته كلّ مساء. ولا عيون بشرية هنا لتشهد على ما يغشي الأبصار. هنا عيون الأشجار والطيور الناعسة،

٤٢

وعيون السماء التي تتبدى من خلال الفسحات المتشكلة في فجوات تشابك الأغصان.

كان بصرها قد تشبث فجأة بقطعة صغيرة من سماء صافية فيها قليل من النجوم تختلف بكميات ضوئها. وعلى طرف منها كانت تستطيع أنْ ترى هلالاً يطل وئيداً، تخيلته يقف هنيهة ويمسح الغابة بنظرة حانية. تشع من إلتماعة ضوئية شاحبة، لكنها كافية لتضيف ألقاً على الغمر البهي لهذه البرية. فيما هو ناسياً تفاصيله ما زال مخدراً بنشوة لا تنفك تسري في أقاصي بدنه، وربما كان في غفوة حين سمع صوتها يأتيه هامساً أو حالماً.

- انظر هناك.. أنه القمر، كأنه يحرسنا.. هل تراه؟

نظر صوب إشارة أصبعها من خلال الكوة الفضائية، واستطاع أنْ يرى هلالاً طفوليا لا تتعدى لياليه الأربعة أو الخمسة.

وقبل أنْ يقول شيئاً، قالت:

- أريده!

- ماذا.. هل تريدين القمر وأنت قمر الأقمار!

- ما أنا سوى فتاة عاشقة لك، وأريد أنْ تبرهن لي عن حبك، أريدك أن تجلب لي القمر.

تشاغل عن كلامها، وراح يشدها إليه وهو يطبع قبلاً سريعة على أنحاء مختلفة من جسدها الذي حمّلته بعضا من ملابسها المرمية على القش

الطري. بالحنو الذي يهيله عليها يعتقد أنه يستطيع أنْ يبدد من رغبتها فكرة جلب القمر. في سره يعتقد أنّ هذه الرغبة ما هي إلا هذيان يصاحب عادة طقوس الشهوة. لكن صوتها عاد مرة أخرى أكثر إلحاحاً وحزما.

- أقول لك أنني أريد القمر.

لم يكفّ عن احتضانها ولثمها وشمها، يريد أنْ تذوب فيه، ويستحث اللهيب إلى اللفيح. كانت باردة، بل أبرد من نداوة الأعشاب من حولهما. برودتها وإلحاحها جعلاه أنْ يقتعد على عجيزته متأملاً وجهها ومستقرئا إنْ هي جادة في طلبها أم هي تطلق عنان دلالها. وجدها تصوّب إلى عينيه نظرة متحدية ولكنها لا تخلو من رجاء. ثم وجد نفسه يطلق بوجهها ضحكة بدت وكأنها لإنسان أبله، لا تدلّ على شيء، سوى أنها استفزتها وجعلتها تمضي بإلحاحها.

- لماذا تستكثر عليّ القمر، ها هو في متناول يديك، مدها فقط واقطفه كهدية لي!

- حقا أنه في متناول يدي، أنه أنتِ. أنتِ القمر الذي ينير قلبي، ومن سواكِ أنا خربشة ضئيلة في هذا الكون. لا ذات لي يا قمراً يرسمني في الوجود. لا تضاهيك أقمار السماوات، ولا...

أراد أنْ يسترسل في أريحيته الشعرية التي جاءته فجأة لتدغم مسافة الارتباك بين واقعية طلبها واستحالة تنفيذه. لكنها قاطعته بصوت يرنّ قساوة.

- لا تراوغ، ولا تجعل من نفسك أبلهاً لا يفهم. أريد القمر... القمر الآن.

شعر أنّ لصوتها صدى تردده أرجاء الغابة. بل أنّ الصوت يتناسخ عبر تردده من حشود الأشجار والآماد اللامرئية. الأصوات تدوي في أذنيه ويحسها كصوت الرعد. تقترب وتحاصره، يشعر بها رماحاً طويلة توخزه.

حينما تيقّن أنّ لا مفر ولا مناص من طلبها، قام إلى سرواله المعلق على غصن واستلّ منه سكينا حاداً يحمله خوفاً من المفاجآت كلما جاءا إلى الغابة. ومن دون تردد تقدم منها وحز عنقها فطوّح الرأس عالياً وسقط يتدحرج إلى الأرض عدة مرات.

سكتت الأصوات في أذنيه، وما عاد يسمع سوى نقيق الضفادع وخربشة الطيور على الأغصان. ومن بعيد يأتيه أصوات نباح كلاب ضالة.

رفع الرأس إلى أعلى نحو الشجرة التي تبدو وكأنها سيدة الأشجار. الشجرة التي حفر يوماً على جذعها بالسكين ذاتها قلباً يتوسطه سهم رسم على طرفيه أول حرف من اسمه واسمها. قال بصوت جهوري اكتسبه في هذه اللحظة وستردده البرية بعد حين:

- أيتها الشجرة العالية، هاتي بأغصانك القمر الذي في كبد السماء. وارفعي رأس حبيبتي ليجلس مكانه وليراه جميع الناس قمراً خالداً على مر العصور.

***

كما يحصل في نهايات القصص.

حصل إنْ تطاولت سيدة الأشجار بأغصانها حتى وصلت إلى كبد

السماء، تناولت الهلال عن كرسيه وأجلست مكانه الرأس البشري الآخذ شكل البدر، فاختلّت الأوقات والتقاويم، رأى سكان المدينة على غير موعد قمراً كاملاً هو غير كل الأقمار، يشع نوراً أخّاذاً يغشي الأبصار.

كما يحصل في نهايات القصص.

حصل أنْ بقيَ وحيداً في الغابة، عارياً في العراء. على يديه تنمو النباتات، والأشجار تفكر بعقله، إذا غضب تغضب، وترسل رياحا عاتية تحرك الموج في البحار وتتدحرج الصخور من الأعالي فتتطاير المدينة. إذ ذاك يقول الناس: أنْ الغابة مسكونة بأرواح شرّيرة.

كما يحصل في نهايات القصص

حصل أنّ القمر ما عاد يأفل بتاتا.. بتاتا!

احتراق الفراشة

أنه أخي ومهجة عيني، من أجله أعيش، أعطيته عمري وسأعطيه ما تبقى. رفضتُ كلّ الرجال الذين تقدموا اليّ للزواج، اشتغلت خياطة لأصرف عليه وعلى دراسته ولأجل أنْ أراه رجلاً يعيش بكرامة. عقدت آمالي علية لغدٍ ملوّن بالعصافير.

- هل تسمعني سيدي؟

أنه أخي ودنياي كلها، شاء القدر أنْ يعيش بعد إصابته بشظية في تلك الحرب التي هُزمنا بها أمام العدو، وكُتب لي أنْ أعيش لأجله بعد أنْ فقدنا والديْنا وبقية الأخوة تحت أنقاض بيتنا الذي دمرته صواريخ الطائرات أثناء إغارتها على قريتنا الحدودية.

كان صغيراً لم يتجاوز العاشرة، أخذته بعيداً وهِمْت به في أمكنه متعددة، حتى انتهينا هنا في العاصمة. امنحه الحنان الذي افتقده، وأشعر بأنّ صنيعي هذا يرتدّ إلى عروقي ويسري دفأ ورضى في كياني.

- هل تسمعني؟

لم يخب ظني فيه، لقد تفوّق بدراسته الجامعية، كان من الأوائل بين زملائه. ها شجرتي التي زرعتها باتت في موسم الثمر والعطاء، بعد كل السنين بات هو من يمنحني الحنان.

أنه أخي، أبي وأمي، عائلتي كلها. عمل في جريدة ليلاً إلى جانب دراسته نهاراً، يكتب عن الناس الفقراء الذين يحبهم. له رؤاه التي لم أكن أفهمها ولكنني أحس بها حين يشرح لي.

إنّ أخي بريء، بكلّ يقين أقول لك سيدي أنه لا يستطيع إيذاء نملة، ولا يشكل خطراً على المجتمع كما تقولون. أنه على وداعة وطيبة ما يجعل الناس الذين يعرفونه أنْ يحبّوه ويحترموه.

انه أخي، وحيدي في هذه الدنيا، ومن دونه أنا لا أساوي شيئاً. استحلفكم بالله أنْ تطلقوا سراحه ليعود إليّ.

- هل تسمعني سيدي؟

رفع الرجل رأسه يحدجها بنظرة قاسية من خلف نظارته السميكة السوداء وقال بصوت غليظ:

- أنّكِ ثَرثَرْت كثيراً اليوم أيتها العانس.

أحسّت بلطمة ثقيلة تنزل على رأسها، حركت كوامن الحقد في مشاعرها. كزّت على أسنانها لكظم الغيظ في داخلها، نظرت إليه باحتقار قبل أن تطبق الباب بعنف خلفها.. وكان هو يراقب مؤخرتها دون خجل.

***

منتصف الليل..

الكآبة غيمة سوداء تظلّل روحها، ورغبة النوم تتهاوى في حضور القلق

والاضطراب. وحشة تخترقها حتى الأعماق وهي تذرع الغرفة ذهاباً وإياباً. تدور حول نفسها كالفراشة المحلقة فوقها حول الضوء. تحسّ بالتعب، فتتكوّم على الأريكة بتثاقل وعيناها تراقبان أشياء الغرفة. تلاحظ صورة شقيقها على الحائط وهو يبتسم، ولوهلة تخيلت أنّ دموعه تتساقط. أطالت التحديق أكثر، اكتشف أنّ حزناً دفيناً يرتسم في تقاطيع وجهه، هذا الذي لم تكتشفه من قبل وهو يكبر أمامها.

- هل حقا كنت حزينا يا أخي؟

قالت بصوت مكسور ومسموع وكأنها تخاطب أحداً معها في الغرفة، غصّة حادة تملأ حلقها وهي ترى الفراشة تضاعف دورانها حول الضوء. تعاود التحديق في الصورة فترى شقيقها يخرج من الإطار ويجلس على الأريكة قبالتها. تخيلته تماماً كما كان يجلس في تلك الليلة قبل أنْ يأتوا لاعتقاله وهو يحدثها عن حياتهما والمستقبل. قال لها:

- لو تسمعينني يا نبيلة جيداً، لو تقبلين بالزواج من أحدِ خطّابك الذين لا يكفّون عن طرق الباب. انظري ها قد أصبحت شاباً وأستطيع الاعتماد على نفسي. يجب أنْ تنظري أنتِ لمستقبلكِ أيضا.

رفضت بشدة، قالت:

- مهما كبرت فستبقى في نظري صغيراً تحتاج لرعايتي.

- قد أتزوج أنا وأجد من يقوم برعايتي.

- ولو، سأخدمك أنتَ وزوجتك، سأقوم برعاية أطفالك.. هذه أمنيتي يا

أخي فلا تحرمني منها.

تقدم منها وطبع قبلة على جبينها، قبلة قدم من خلالها احترامه وامتنانه. عانقته فعبقت في أنفاسه رائحة الأمومة.

دموع حارة تنحدر من مآقيها تباعاً، دموع بحجم القهر الذي يسكنها. تحس بالاختناق فتقوم إلى النافذة لعلها تحظى بنسمة قد ترطّب احتراق فؤادها. انتبهت إلى أنّ حُلكة الليل قد تبددت شيئا، أدركت أنّ الوقت يقترب من الفجر. تتثاءب وهي تهمّ بإغلاق النافذة، لكن ثلاثة أجساد بدت إليها فجأة كأشباح وسط عتمة الشارع. صوت الخطوات يقترب فأيقنت أنها تقترب من بوابة البناية.

يخفق قلبها بشدة وتسرع لتقف خلف باب الغرفة تستمع إلى وقع الخطى المقتربة. تناهى إليها من الخلف صوت أجنحة الفراشة وهي ترتطم بلمبة الضوء. أدركت أنهم قد أصبحوا خلف الباب فتراجعت إلى وسط الغرفة تُحدّث نفسها:

- ما الذي يريدونه مني هذه الساعة؟

فتحوا الباب بطريقتهم الخاصة، أصبحت وإياهم وجهاً لوجه. ذلك الوجه الذي في الوسط تعرفه جيداً، هو الرجل الذي قابلته صباح أمس في مكتب أمن الدولة.

- تعالي معنا.. يريد أخوكِ مقابلتك!

حين سحبوها إلى الباب، وبالتفاتة منها إلى الوراء رأَت الفراشة تهوي

محترقة إلى ارض الغرفة.

***

- كلاب.. ذئاب.. وحوش

أطلقت صراخها وكان يرتطم بجدران الغرفة المغلقة. أحد لا يسمعه سواها. وهم لا يستمعون إلى استعطافها. كانوا في حالة من الهياج والسعار ويدورن حولها، وهي تدور على نفسها تستعد للمقاومة.

مدّوا أيديهم فرأت مخالبهم، أطلقت يديها تمانع ولكن ثلاثين مخلباً كانت كافية لتمزيق ثيابها وحتى لحمها. أطبقوا عليها فتلاشت مقاومتها، وهنت أمام "سواعد الرجولة".

رموها أرضاً، عمل اثنان على تثبيت قدميها ويديها والآخر راح يسنّ رجولته، أطبق عليها كصخرة يمزق لحمها بمخالبه وأنيابه، حاولت أن تتململ تحته، أنْ تناطحه لكن عبثا والصخرة تمنع عنها أنفاسها.

فكان لا بدّ أنْ تبصق، بصقت على الرجولة، والرجولة تتداور عليها مرّات عدة إلى أنْ غابت عن الوعي.

صحت من غيبوبتها والدم يتدفق من فمها ومن رقبتها، يسيل من بين ساقيها، التفّت ببقايا ثيابها الممزقة وأسْلَمَتْ الطريق خطواتها المترنحة.

كانت المدينة ما زالت تغطّ في السبات، والشمس بطيئة تشرق بخجل.

التلويحة

في كل مرة يراها على الشرفة المقابلة، كان يتهيّب أنْ يرسل إليها إشارة إعجابه بها.

هذا الصباح استجمع كلّ إرادته، وقرر أنْ يلوّح لها بيده. تلقّفت المرأة التلويحة التي انتظرتها طويلاً كالندى على سعير أمنيتها.

وفي هذه اللحظة بالذات، وهي على أهبّة الاستعداد أنْ تردّ له نفس الإشارة. دوى صوت قذيفة في فضاء المكان.

سال الدم من الشرفات واختلط مع بعضه بين الأنقاض.

اكتمال الغياب

عندما حلّ المساء لم يسجّل الرجل حضوره في البيت، لذا ظلّت المائدة على حالها كما رتبتها المرأة قبل قليل، إلا أنّ البرودة بدأت تسري في الطعام وتتسلل مع مرور الوقت إلى أوصال المرأة.

يجرحها هذا المساء على غير عادة، في المساءات الماضية كان لحضور الرجل ظلالاً وارفة من الطمأنينة، إلفه تنسكب بين الزوجين مما يجعل البيت يشع تحت ألق الرجاء ومنتهى الأماني بحياة زوجية مكسوّة بالمسرّات.

لهذا المساء كان وعد بالمسرة وخصوصية.. قالت له منذ الصباح: عد باكراً لو استطعت. وهو لم يكن ينسى أنّ هذا اليوم تصادف به الذكرى الأولى لزواجهما، لذلك تحيّن عند الظهر فرصة الغذاء وانسلّ من مكان عمله قاصداً السوق القريب، حيث ابتاع إسوارة ذهبية على أمل أن يقدمها هدية لها في هذا المساء الذي ينقضي دون أنْ يسجل حضوره في البيت.

تتسمّر المرأة عند النافذة ونظراتها لا تفارق المكان الذي يركن به السيارة.

- أين عساه ذهب؟ وما الذي شغله عن العودة إلى البيت؟

تتلاعب الأسئلة والظنون في خاطرها فتشعر بتهشّم روحها، عشرات المرات هاتفته على الخلوي وتجده مغلقا. اتصلت بزميله في الصحيفة

فأفادها بأنهما خرجا سويا عند وقت المعتاد للانصراف وافترقا عند مدخل البناية.

التزامات الرجل الفكرية والحياتية تضعه على نقيض سياسات النظام. يكتب معترضا على الفساد المستشري في مؤسسات الدولة دون أنْ يكون حزبيا. يعتقد أنّ المواطن الصالح هو صالح بالفطرة ولا يحتاج لحزب يدله إلى الطريق.

للرجل حضوره، فلمَ هذا الغياب.. أين عساه ذهب؟

وهو الذي من قبل لم يكن يتأخر عليها ولو لمرة واحدة، وكانت تحفظ أوبته بالدقيقة. وهذا أمر يندرج في أولويات التزاماته الحياتية التي تمنحه أنْ يكون نادراً في نوعه بين الرجال.

روحها طافحة بالقناعة بأنها محظوظة بارتباطها من هكذا رجل يعرف كيف يصنع السعادة وينشرها على كلّ المحيطين به.

هل حدث مكروه لوالديه العجوزين أثناء عودته للبيت وهرع إليهما حيث يقيمان مع شقيقته العزباء، تتساءل المرأة في سرها. ولكن شقيقته أكدت لها حينما هاتفتها للسؤال بأنه لم يأتِ إليهم والوالدين بخير. وقد أوصت الشقيقة بأنْ لا تخبر الوالدين عن غيابه خوفا من التأثير على صحتهما.

القلق شاهق كجبال في روحها يجعلها تنهار على الأريكة، ولكن سرعان ما تقوم بخطوات متثاقلة نحو النافذة، لعلها تلمحه في الطريق عائداً إليها. لن تعاتبه على تأخره حين يعود، بل سترمي بنفسها في أحضانه بلهفة المحروم، باكية بحرقة، لتعبّر له كم تفتقده إنْ هو غاب عنها.

لكن عبثا أنْ يطلّ الرجل، أو أنْ تتلقى جواباً على مهاتفاتها المتكررة ليخبرها عن سبب تأخره في هذا الليل الذي بدأ يجثم على جسد المدينة.

يتقدم الليل ولا ترتسم خيوط الأمل، المرأة في ضيق كامل ومآقيها تسحّ دموعاً حارة. لم يعد بوسعها أنْ تتنفس. قدماها لم تعد تقويان على حملها، والشحوب قد مسح جمال وجهها.

وهي منهارة كليا وأعضاءها مبعثرة، تحاول برجاء أخير مهاتفته، فتسمع إشارة الرنين من محموله لأول مرة منذ المساء، يخفق قلبها بسرعة، ثم يأتيها الصوت الآدمي جافا وغليظا وليس به ميزات أصوات عمال السنترال:

- صاحب الرقم المطلوب غير موجود لدينا، وهو غير موجود فوق تراب البلاد كلها.

طفل السماء

حين وصل رجال الشرطة إلى مكان الجريمة المبلّغ عنها من مصادر متعددة، لم يجدوا معطيات تفسّر وجود جثة تعود لطفل ملقاة في عرض الشارع وسط المدينة.

فكتب أحدهم في محضر حسب شهود عيان:

فجأة، إكفهرّت السماء وسقط المطر غزيرا.

فجأة، أطبقت على المدينة عتمة شديدة، وما الوقت إلا لواضحة النهار.

فجأة سمع سكان المدينة صوت ارتطام هائل أصاب قلوبهم بالهلع.

وفي جانب آخر من المكان، كان مخبريّ يكتب بسرية تامة:

"بعد معاينة الجثة في المكان اكتشفنا أنّ الجثة لا تعود لبشريّ كما تبدو، وإنّما تعود لكائن فضائي عمره آلاف السنين، وقد سقط من السماء".

عن قتل الفرح

جلس كما أشارت له الطبيبة على كرسي بجانب السرير الذي تمددت عليه زوجته.

الطبيبة لم تكن تسمح له قبل قليل أنْ يكون حاضراً أثناء إجراء العملية، لكن إصرار زوجته لمرافقتها إلى غرفة العمليات جعل الطبيبة تذعن لمشيئة الزوجة.

يراقب من خلال شاشة الحاسوب عملية إعادة البويضة الملقحة من منيه إلى رحمها.. عملية تنقضي بوقت قصير، حلما بها طويلا.

رحمها لم يشهد من قبل أي حمل طبيعي يمكن أنْ يسعده ويحقق أمنيته في أنْ يكون له ذُرِّيّة في هذه الدنيا، سنينٌ طويلة انتظر معها، وما كان للحدث السعيد أنْ يطرق بابهما، وما كان للأمنية أنْ تطرح رياحينها وتصير حديقة تنقلهما من صحراء الحياة القاحلة.

ها هو العلم يعوّض الطبيعة تقاعسها عن القيام ببعض وظائفها.

يفكر ويتنهد، أستاذ العلوم السياسية في إحدى جامعات العاصمة، الذي يعتبره النظام الحاكم من أخطر رجال المعارضة لما تتسم بها محاضراته من جرأة، وتحاليله التي ينشرها في أكثر من وسيلة إعلامية خارج البلاد، خاصة الصحف المهاجرة، حيث تلقى صدى واسعاً تجعله مشهوراً لدى قطاعات واسعة من أبناء الشعب.

ظهوره المتكرر في الفضائيات المهاجرة يقلق النظام، فيرسل إليه برسائل التهديد المتلاحقة التي ما كانت تثنيه، ولا تحدّ من نشاطاته في قضايا الحرية وحقوق الإنسان.

تبتسم الطبيبة وتعلن انتهاء العملية التي لم يستغرق إلا دقائق معدودة، كان الأستاذ خلالها قد شرد خلف أطياف طفولية تعده بنهاية سنوات من شقاء الحرمان والخسارة.

يقوم يساعد زوجته القيام من السرير بهدوء مبالغ فيه، ويمضي بها إلى غرفة تغيير الملابس، حيث ستلحقهم الطبيبة بعد قليل لتشرح لهما عمّا ينبغي عمله في الأيام القليلة القادمة لتأمين الحمل إلى نهايته السعيدة.

كان يحس بسعادتها كيف تضفي على سعادته شعوراً غامراً لا متناهيا من أفاق متجددة للحياة، وهي تشبك ذراعها بذراعه وهم يعدون الخطى ببطيء شديد نحو سيارته المركونة في مرآب المشفى الخاص.

منتشيان، يحسان أنّ كلّ مكوّنات الطريق غارقة في النشوة.. حتى ما عادا يفرقان إنْ كانت هذه اللحظات هي من واقع أم متدلية من حلم.

يفتح لها باب السيارة الأيمن وهو يمسك بيدها، ولا يتركها إلا عندما يطمئن إلى أنها استقرت في مقعدها، يستدير بجسده ليتوجه إلى جهة المقوَد، فيحس بالنار تلسع صدره، كانت طلقات من مسدس مزوّد بكاتم للصوت تأتيه من الناحية المظلمة من المرآب.

أحدٌ لم يسمع دوي الطلقات وسط جلبة الشارع.. لكنّ عويل الزوجة

هزّ الأرجاء وشق الفضاء، وكانت تجثو على جسده الممدّد وتضع رأسه على ركبتيها. وكانت تستطيع أنْ ترى تعابير الفرح ما زالت مرسومة على وجهه.

حقل النار

جاء من خلفها وهي تجثو فوق شتلات البقلة البرية التي تجمعها كَقوتِ نهارها.

كان يصرخ طالباً منها أنْ تدير إليه وجهها وترمي السكين الذي تحمله إلى الأرض وترفع يديها في الهواء.

إلا أنّ المرأة لم تمتثل لأمر المسلّح المتحفّز لإطلاق النار، وظلّت جاثية على الأرض تجزّ البقل بالسكين.

أعاد المسلّح الأمر بصوت رددت صداه التلال والوديان، وهو يضع الطلقة في بيت النار للرشاش الأتوماتيكي.

ولكن كيف تسمع الصمّاء البكماء الوحيدة في هذه البرية؟

انكسار

أنا والآخر وناديا

ها هي حبيبتي تهجرني.

لم أكنْ أعرف قبل الآن أنّ الهجران يولّد كلّ هذا الألم، وأنّ روح الإنسان يمكن أنْ تكون تحت تأثيرات غريبة كهذه التي تنتابني وتجعلني في حالة من الصراع مع نفسي حتى انفصل عنها وعن عالمي.

هذا ما حدث لي صباح اليوم، في الشارع كنت أسير على غير هدى، تلاطمني الأجساد. كلمات ناديا تطنّ في رأسي، حادة تمزق أعصابي، تقتلعني من ذاتي، تحوّلني إلى إنسان آخر، ذلك الذي تحركه النزعات الدفينة تحت المشاعر الجميلة ويحصل خدش تلك المشاعر فتقوم النزعات بفعل النقيض.

أسير، تمتد بي الشوارع، أبطئ قليلاً، لتتسارع بعد ذلك خطاي. تتوه نظراتي في الوجوه، ابحث عن وجه يشبه وجهي، يحمل سمات همّي وارتباكي. الرجال يحدقون في النساء، أمكنة معينة في النساء، والنساء يُلاحظنَ ويَسرنَ بنشوة أو بخيلاء. زحام تشكله رغبة الإقبال على الحياة، وأنا وحيد، وشعور الوحشة في روحي يدق بقلبي المسامير، أنزف، وحيدا أنزف، والشخص الذي تلاطمت به وكاد أنْ يطيحني ينظر فيّ شزراً، ولا يحس بنزفي واشتعالاتي الداخلية.

"يا كل العشاق في زواياهم الهادئة هل وصلكم نزفي؟ ثلاث سنوات ركضت وإياها على الشطآن، نصنع هياكل من الرمال على شكل بيت، البيت الذي نحلم أنْ يجمعنا، هنا غرفة النوم، وهذه غرفة الاستقبال، وهذا المطبخ.. لا يا حبيبي، أنه صغير، يجب أنْ يكون أوسع. فنهدم بيت الرمال، ونشرع في تشكيل واحد جديد، ونحن نهذي ونطلق ضحكاتنا إلى الأفاق البعيدة، تحملها النوارس وتطير بها إلى آخر الحلم".

أكابر على التعب، منذ أنْ تركتني ناديا في الصباح وأنا أخطّ فوق الأرصفة تجوالي. بي رغبة جامحة لأنْ ألفّ المدينة، أتحداها. أخلع عنها رداءها، أعرّيها أمام البحر، أطيح بنيانها، ومن ثم أذوب تحت أشلائها.

الآن أُسرع الخطى تحت شعوري بالاختناق، أحس أنّ الناس يحاصرونني بنظراتهم وبسعادتهم، تلك البسمات التي لا أجد لها مبرراً، وأسائل نفسي: من أين للناس هذا الحجم من الفرح؟

كنت أذهب بعيداً، أغور في الشوارع والأزقة التي أعرفها ولا أعرفها. الرغبات بي تتمازج وتتناسخ، رغبة للقلب، رغبة للروح، رغبة للعقل، وأنا موزع.

" مسافات قطعناها معاً، السنوات الثلاث كأنها ومضة في عمر الزمن. حينما يشعر الإنسان بالحب لا يعود يشعر بالوقت إلا وقت فراق الحبيب، يصبح ثقيلاً ومملاً. كنا لا نفترق إلا حين يحلّ المساء، غير ذلك كانت حاضرة في خيالي ودفاتري، رسمتها أفقاً، شجراً وماء، طيوراً وسماء، وكنت أراني في عينيها فرحاً وبكاء.

لم أكن أحسب الأيام، حسَبَتها واحدة ثرثارة، وقد تناهى إليّ ما قالته: علاقة سالم وناديا طالت، يجب عليهما أنْ يضعا حداً لمقابلات الشوارع. ووالدتها وضعتني تحت الأمر الواقع حين سألتني عن موعد تقدمي لخطبتها، فقلت بلا تردد:
- أتقدم الآن إنْ كان ذلك مناسباً لكم!
- هل تملك مهرها.. هل تملك بيتاً كهذا البيت؟

أيتها المدينة.. افتحي نوافذك، بي رغبة للبصاق.

الشمس لاهبة، نارٌ تسوّرني ونارٌ داخلي. والسيجارة لا تنطفئ بين شفاهي إلا لتشتعل. وجهي لمحته عبر إحدى الواجهات الزجاجية متجهماً وقاتماً كأنه ليس وجهي، أنه وجه الآخر الذي يستشيط غضباً داخلي. كلمات الأم تتفاعل في نفسي وتفور، رأسي يدور، أحس أنّ أرصفة المدينة لم تعد تحتمل تجوالي وحزني. أنا المنشطر لم أعدْ أحتمل انفجاراتي المتشظية في القلب.

ها هو البحر أمامي، اتخذ صخرة تلطمها الأمواج وأطلق نظري ومناجاتي:

" أيها البحر، أتتني ناديا في الصباح، لم يكن وجهها مشرقاً كعادته، كانت حزينة ووردة ذابلة، حدثتني بخوف ودموع حديثاً أوقف الدماء في عروقي، بل أوقف الزمن في تلك اللحظات وهي تقول: نفترق، لم يعد بمقدوري مواجهة أبي وأخوتي. واجهتهم لمدة ثلاث سنوات، وأنا أصدّ الرجال الذين يتقدمون لخطبتي على أمل أنْ يصبح بمقدورك التقدم لي.. بالأمس أتى رجلٌ طالباً يدي. رجلٌ أعجبهم، يقولون إنه من أصحاب العقارات

والسيارات الفارهة. هددوني بإلقائي في الشارع إنْ لم أوافق عليه. ليس بمقدوري المواجهة أكثر. سأتركك الآن وسأحتفظ بذكراك، أنت وديعة في قلبي ولن أنساك.. وداعاً"

أيها البحر، أيها السرمدي، هل تسمعني؟ القصائد التي أكتبها لا تطعمني الخبز، لا تجمعني بحبيبة هي إلهامي وهي قصائدي.. وداعاً.

المدينة تصطخب بالأضواء وزحمة السيارات، كانت العتمة قد سقطت في غفلة مني، كلّ الأشياء في هذه المدينة تقع في غفلة لا أتداركها إلا بعد حين. أحسّ بالآخر في داخلي قد أنضجته النار، روحي جامحة وتصهل كحصان. خطواتي الهائمة تتوقف أمام مكان لطالما مررت من أمامه، ولم أكن التفت من قبل إليه، دلّني أحد الأصدقاء عليه وأتذكر ما قاله:
- حينما تشتعل النار في جسدك، تعالَ إلى هنا فتخمدها.
ودخلت.

حديث المومس

أتاني، وكان الغضب يمتزج بالحزن على قسمات وجهه، أحسست أنه يختلف، فأنا أعرف نوعية الرجال الذين يأتونني. كانت في عينيه نظرة طفل. لحظتها شعرت أنّ شيئاً ما يشدني إليه، قررت مساعدته، أنْ أمنحه ما لم أمنحه لغيره. حقاً أنّ أمامي إنساناً يتعذب.

دخلت الغرفة أمامه وهو يلحقني بهدوء، ونظراته منكسرة إلى الأرض. حين صرت أمامه عارية، بدأ بخلع ملابسه، تقدم مني بهدوء ولثم وجنتي، قبلني من فمي، دسّ يده في شعري الطويل، مسّده قليلاً، وكانت نظراته تلتقي

بنظراتي، شاهدت دمعة تترقرق هناك في الأعماق. سألته عن اسمه فلم يجب، امتدت يداه تداعب جسدي، شعرت أنه مأخوذ بنهديّ، كان يداعبهما بيديه وشفتيه، ناعماً حيناً ويقسو عليهما حيناً آخر، أتأوه، فتنهار قبلاته بحرارة أشد، أتجاوب معه بذات الحرارة، ولكن حرارته ترتفع، وأحاول أنْ أجاريه، حتى أحسست بحمى جسده تكويني. أعطيته كل طاقتي، وحماه تزداد تفجراً فوق جسدي المتعرق، إلى لحظة بات فيها شرساً ينفث بحقد وليس كما ينبغي، أو ليس كالآخرين الذين يأتون لمجرد إطفاء شهوة عابرة. حاولت أنْ أتململ، أنْ أوقف هذه الإهانة، صرخت باحتجاج، عاجلني بصفعة على وجهي وقام يرتدي ملابسه، وسريعا توارى في الظلام.

تلاقي الطين

خرجت من ذلك المكان وأنا أشعر بالقرف، في رأسي يحفر الندم، مثقب يحفر في التلافيف ولا أشعر بالناس والأشياء من حولي. أدخل مقهى مزدحم بالرواد، أستقر في زاوية انتظر القهوة المُرّة التي طلبتها. ثمة رجل يجلس بمواجهتي أراه يطيل التحديق بي. أتجاهل نظراته وأنظر إلى جهة أخرى. لكن شيئاً داخلي يحذوني للنظر إليه مرة أخرى، حين التقت نظراتنا بدرت من الرجل ابتسامة بوجهي، هذه الابتسامة استفزتني. أنا المتجهم أحسست أنّ هذه الابتسامة تتحداني، والرجل بات يكثر من النظرات والابتسامات. لست على سجيتي لأن أتلقى كل هذه الإشارات من رجل لا أعرفه وهو لا يعرف ما بي من هزائم وانكسارات تحيلني في هذه اللحظات في ألا أكون أنا. الدم يغلي في رأسي تحت شعور الخسارة والقهر، ونظرات الرجل كأنها تعزّريني.

سأوقف المهزلة، أتقدم إليه وحين أصير أمامه يمدّ لي يمناه بغية المصافحة، ولكنني لست بوضع أنْ ألتقط الإشارة. فغضبي تلك اللحظة من النوع الذي يريد تدمير كل شيء، صرخت بوجهه:

- لماذا تنظر إليّ؟

- الناس ينظرون حتى إلى الملوك يا عزيزي

- أما أنا لا أريد أحداً أنْ ينظر إليّ

- لعلك مجنون يا هذا.

كأسٌ من الشاي على الطاولة أرفعه وأدلقه بوجهه، يتأوه الرجل من سخونة السائل، ويمسك بتلابيب ثيابي ويسدد إلى وجهي لكمة كادت أنْ تطيحني أرضاً. نتبادل اللكمات والناس حولنا يحاولون الفصل بيننا.

الشارع يعود يبلعني، كل شيء بي ينكرني، وثيابي الممزقة من أثر العراك ترسم حال بؤسي أمام نظرات المارة. نظراتي زائغة والدنيا تدور بي.

فجأة، يمتلئ الفضاء بالزعيق. أنتبه، سيارة كادت أنْ تدهسني وأنا أقطع الشارع، أسمع صوت السائق ينعتني بالجنون ويشتمني أمي.

- أمي، أتذكرها. لقد تأخرت عليها.

أعدو نحو البيت، ألمحها من خلال زجاج النافذة تحوم في غرفتنا الوحيدة، أجد الباب مفتوحاً، أدخل وأرتمي في أحضانها فتعبق في أنفاسي رائحة العطف والحنان. أجهش وهي تهدهدني كما كنت طفلاً.

رصاص طائش

الآن، وقد انقضى على الحادثة عدة شهور، أستطيع أنْ أعيد ما حصل دون أنْ تنتابني تلك الحالات العصبية التي لازمتي طيلة الشهور الماضية. كنت خلالها أكلّم نفسي، أطلق صوتي بصراخ واضحك بهيستيريا، أبكي بلوعة ثم أغيب عن الوعي.

أتذكر الآن ولا أصدق، كيف لزهرة ترعاها بحنو وبعمرك إذا لزم الأمر، في غفلة تهرسها أنت وتطحنها بيديك.

خالد كان زهرتي، ثمرة زواجي من سعاد التي كنت أعيش معها أجمل سنوات حياتي، وأجمل ما في هذه السنوات هو مجيء خالد الذي لوّن وقتيْنا بالفرح. كان إذا كركر نحسّ أنّ كل الدنيا ترقص لنا، والعصافير الصغيرة تأتي نشوانة تشجو على وقع كركرات ولَديْنا.

خلال هذه السنوات لم أكن بحاجة أنْ أؤكد لسعاد كم هي حبيبة وغالية إلى قلبي، لأنها تعرف مشاعري الصاخبة تجاهها منذ سنوات دراستنا الجامعية، ولكن بتّ أشعر ومع حضور خالد أصبحت تتقرب مني أكثر، تقترب لأفهم أنني أنا الذي كنت بعيداً عنها، تعتقد أنّ خالداً أخذني منها، وحقيقة الأمر أنّ خالداً أتى ليدغم كلّ المسافات بيننا وليفتح مسالك أخرى لفهم الحياة في عمقها وجوهرها. خالد الوصل الأبدي لراحة وطمأنينة روحين التقيتا وتعاهدتا على شراكة الحياة. نحبه ونتسابق على كسب رضاه.. حتى خطر على بالي يوماً أنْ أسألها:

- من تحبين أكثر، أنا أم خالد؟
لم يكن السؤال مفاجئاً بالنسبة إليها، بل ربما هو ذات السؤال الذي يدور في خلدها.
- ماهر، إنت تسألني سؤالاً صبيانياً.. لكنني سأجيب: أحب خالد!
كنت أعرف أنها تناكفني، لكنني أدرت وجهي متصنعاً الغضب، فسمعتها تقول: - أنت.. أنت وخالد بمقدار واحد. ما عادت دنياي تستوي من دونكما أو بواحد دون الآخر.
واقتربت لتعانقني، حينها رأيت الدموع تترقرق في أعماق عينيها.

كان هذا قبل الحادثة بأسبوع، وخالد قد تجاوز السنتيْن من العمر، وبات له الحضور الطاغي على وقتيْنا. كان تسليتنا في المساءات وهو يتعلم نطق الكلمات التي نلقنها له، وكان لا ينطقها كما ينبغي. بعقله الطفولي كان يحدس كم هو مهم في عالمنا الصغير. لذا نراه يقذف ويكسّر كل ما تصل إليه يداه وكيانه الصغير يمتلئ حبوراً نشعره يرتد إلينا. ولكن ذات صباح، انطفأ هذا الوهج في بيتنا، لتجثم العتمة بثقلها المخيف على حياتنا. كل شيء حصل في ومضة، كل شيء استحال إلى حطام، كل شيء لتهشيم الروح.

***

أتذكر كان يوم جمعة، يوم إجازة من عملي، وليس ثمة من عمل أقوم به، وكنت من فوري قد فرغت من تصفح الجريدة. السطور تفوح منها رائحة الحرب الأهلية، صوت التهديد والوعيد يعلو في تصريحات المسؤولين الحكوميين ومن أقطاب المعارضة على حدّ سواء. صحيح أنّ المدينة كانت

٦٨

في الشهور الأخيرة تنعم بهدوء حذر، نتيجة تفاهم بين بعض المسؤولين الروحيين ألزم القيادات السياسية والعسكرية التقيّد به بعد حروب متقطعة مستمرة منذ سنوات. ولكن ها هي تصريحات الأطراف لا تبشر خيراً، وتوحي بأنّ جولة من المعارك باتت باب قوسين أو أدنى.

عندئذ تذكرت أنّ لديّ سلاحاً لم تمسّه يداي منذ أنْ جلبه لي أحد الأصدقاء قائلاً:
- احتفظ به.. قد ينفعك وقت الشدة!
قلت له:
- أنا لا أجيد استعماله وظني أنني لست بحاجة له.

ومنذ ذلك الوقت وهو ساكن في الخزانة، لا تمتد إليه يداي. أخبار الجريدة ذكرتني به، وطالما هو يوم جمعة وليس لدي ما أفعله، أخرجته من مخبأه بغية تنظيفه من الصدأ الذي حسبت أنْ يكون قد تراكم عليه طيلة هذه المدة الطويلة. فككت قِطعهُ ورحت أمسحها بخرقة مبللة بالزيت. خالد كان يلهو بألعابه أمامي، يقتعد أرض الغرفة وهو يرطن مع أشيائه بلغته الطفولية الخاصة، وسعاد مشغولة في المطبخ وتدندن بأغنية عن الحب. كان كل شيء هادئاً وأليفا سوى هذا الغريب الذي بين يدي، وقد بدأت أعيد تركيبه.. أخطئ، وأحاول معه مرات عديدة.

أتذكّر، وكنت سعيداً بعد جهد توصلت أخيراً إلى تركيب الرشاش الذي نطق بين يدي فجأة. نطق صوتاً مدوياً لطلقة واحدة، واحدة فقط كانت كافية لأن تحطّم الجمجمة الصغيرة لولدي وتنفذ منها وتستقر في الأريكة.

خالد لم يصرخ، لم أسمعه يصرخ، أنطلق الدوي وانبثق الدم من الرأس الصغيرة وظل يسيل حتى غدا بركة حمراء يسبح بها خالد. كان دم على الأرض، وعويل سعاد في الفضاء، عويل حاد له وقع أشدّ من وقع دوي الرصاصة، عويل يشبه عويل لبؤة مفجوعة.

أتذكر، إنني تسمّرت أمام خالد المسجّى، الساكن في الأحمر. والمرأة فوق رأسه المهشمة تحاول إيقاظه من تحت غطائه الوردي، وحين لا يستجيب تقوم إليّ وتهزني بعنف، تصرخ بما لا أفهم. تقف ما بيني وبين بقعة الدم التي سالت إلى تحت الأريكة. تدور وكأنها ترقص، كلْ الأشياء حولي تتراقص بصخب لتخفت رويداً، رويداً، إلى حدّ التلاشي، ويعمّ الصمت والظلام.

***

جسدي في شلل تام، حركاتي تمضي خارج دائرة الوعي، والزمن توقف عند حدود الدم. ودم خالد كان الحياة كلّها. هذه التي أتت وتجمعت في بقعة الدم، ويبست على أرض الغرفة. لتتوالد فيّ كالفطر كوابيس ورؤى تهتك عقلي، أهرب إلى الشارع فأحس آلاف العيون تنهشني، والأصابع تشير إليّ متهمة إياي بأنني مجرم، قاتل إبني.

كمختل العقل أركض هائماً في شوارع المدينة، كالمطارد أختبئ في الحانات المعتمة وأشرب لأنسى، ولا أنسى. السائل الأبيض في كأسي يتراءى لي كدم خالد الأحمر. كان وجه خالد يملأ كل الأشياء، وكل سائل كان دم خالد، وكل قطعة طعام هي قطعة من جمجمته.

٧٠

يا لبشاعة المشاهد التي تتراءى لي، ويا لفظاعة المشاعر التي تنتابني. في الغرفة إياها أجلس وعيناي تزوغان، ومن بين الغبش أراه، خالد يخرج من إطار صورته المعلقة على الحائط، يجلس في المكان الذي كان يلهو فيه، أسمعه يضحك وأصدق، أقوم إليه أودّ احتضانه، فلا ألقى إلا الفراغ.

سعاد هجرتني، ذهبت إلى بيت أهلها بعدما تركت نظراتها إليّ بأنني قاتل، تركتني أصارع حطامي، هذا الحطام الذي كنت أحاول جَمعه بمصالحة نفسي، القلب والروح والأحاسيس كلها، على أنّ كلّ ما حدث ما هو سوى قدر مكتوب لا طاقة لي على مواجهته. من يستطيع من البشر مواجهة يوم القيامة؟

خالد يخرج لي مع كل التفاتة، يتجسد في أي شيء أنظر إلية، وأحس بروحه تهيم فوق رأسي. خرج لي مرة وكان له جناحان صغيران وهو يحلق في فضاء الغرفة، وقال بصوت ملائكي:
- ماذا فعلت بي يا أبي؟
- لم أقصد يا بنيّ
- ولكنك قتلتني..
وأقول قبل أنْ أغيب عن الوعي:
- من منّا القتيل.. من منّا يا ولدي!

***

أتذكر، عدة شهور مرّت، وأنا على هذه الحال. عواصف تزمجر في الروح والقلب تسكنه براكين متفجرة. الكوابيس تنهمر كالمطر حتى تشلّ كل إرادة في جسدي، لتنتابني فكرة الانتحار لعلني أضع حداً لهذا الألم المقيم.

وبالفعل كنت أشرع في تنفيذ ما صمّمْت عليه، ولكن في اللحظة الأخيرة كان يتراءى لي وجه سعاد صافياً وصافحاً يأمرني بالتوقف، فأصرخ في الفراغ والزبد يسيل من فمي:

- عودي إليّ، ألا تريدين العودة.

بالأمس عادت سعاد، وجدتها في المنزل عندما عدت بعد منتصف الليل منطفئاً، وكانت لحيتي طويلة وقد ملأت وجهي. وجدتها ممددة على السرير بلا حراك، لم أرَ في عينيها ما يشير إلى ذلك الاتهام. رأيت دمعتين في عينين حمراوين من كثرة البكاء. حين رأتني انتابتها موجة من نحيب ملوّع وخبَّأت وجهها تحت الغطاء. عندئذ تقدمت منها وضممتها إلى حضني وكانت ترتجف بين يديّ، رحت أشدها إلى صدري وأجد صعوبة بمبادرتها بحديث يقطع هذا الشجن، حتى سمعت صوتها يصلني متقطعاً من بين شهقاتها:

- أنت لم تقصد.. قل إنك لم تقصد.
أجهشْت ورحت أغالب دموعي. كنت أحتاج لبعض من الوقت لأستطيع أنْ أقول:

- سعاد، أريد أن أصالحك ولا أعرف كيف!

- الصلح معك هو الصلح مع نفسي.

- شدتني إليها وهي تقول:

- لن أبتعد عنك بعد الآن.. علينا مواجهة مصابنا سوياً!
وفجأة انفجر السؤال الشرس في رأسي، طرحته بوجهها لاسعاً كالدموع:

- ولكن هل أنا جدير لأن يكون لي خالد جديد؟

نسِيَتْ دموعها والتحمت بي وهي تكفكف دمعي وتشدني إلى صدرها كما لو كنت خالداً الصغير.

سيارة حمراء ملأى بزهور حمراء

النافذة مشقوقة دائماً إلى السماء، يتركها على هذا النحو صيفاً وشتاءً. حينما هي تأتي تجدها هكذا بما يكفي لأنْ تمدَ يدها من خلال الشَّق وترفع المغلاق لتنفتح النافذة.

لم تكن النافذة تطلّ على سطح البناية مباشرة حيث تقف هي عند الحافة، لذلك كان يلزمها أن تُقدّم قدماً في الفراغ وهي مستندة على الأخرى ويديها تتشبث بقضيب من الحديد دُقّ في الحائط ليس لسبب ظاهر، ترفع قدمها حتى تصل إلى حافة النافذة، ثم وبخفّة غريبة وبرفْعٍ كلّي لجسدها تجد نفسها قد أصبحت داخل الغرفة، تذهب إلى الباب وتفتحه وتعود إلى غرفتها المقابلة لتحضر الأشياء التي ستتركها له.

سيأتي متأخراً في المساء وغالباً ما يكون ثملاً، وما أنْ يقع نظره على التغييرات التي طرأت على الغرفة حتى يطير مفعول الخمر من رأسه.

سيكتشف أنّ يداً حانية قد صنعتْ هذا الترتيب للغرفة، النظافة قد طالت كل الزوايا والأثاث، الملابس التي كانت مرمية بفوضى، ها هي مطوية على رفٍّ خشبي ولها رائحة دواء الغسيل، هذا الطعام المُغطّى بعناية لكي يظلّ ساخناً، وهذه الوردة الحمراء في مزهرية فخارية يراها لأول مرة في غرفته، ولا يذكر أنه اقتناها من قبل. حتى أنّه لا يفكر باقتنائها لضيق يده.

أيّ وعدٍ فردوسي يتحقق، هذا الذي يتجسّد أمامه. أيّة هِبّة هذه التي تحضر دفعة واحدة من حيث لا يدري، وكل ما تمنّاه في ليالي وحدته الموحشة يصبح الآن حقيقة.

ولكن العقل، كيف للعقل أن يصدق هذا العبث الذي يهدم نسق نظامه المبني بحميمية مع الوحدة وخيالات القصائد التي يكتبها، وحياته سيْلٌ من التيه يجعل نهاره مشهداً من السراب؟ وهو الرجل ذو الروح المتصحّرة، كيف تهتدي إليه هذه الرحمة وتدخل غرفته والباب مغلق وهو غائب؟ دائما وهو غائب. عقله أرجوحة وهو طفلها اللاهي.

قشعريرة من الخوف تنتابه، تحت وقعها يحدّق بريبة في أشياء الغرفة ويصيخ السمع الى.. لا شيء، فقط يريد أنْ يتأكد إنّ ما هو فيه حقيقي وأنّ هذه غرفته التي يستأجرها منذ سنين طويلة، منذ أنْ جاء إلى العاصمة ليرصف شوارعها ومقاهيها بقصائد ومقالات يشيّد فيها للحداثة والحرية أبراجاً عالية. ومن هذه الصنعة التي لا يجيد سواها يظلُّ معدماً بالكاد يجد قوت نهاره، سجائره وخمرته الرديئة خبط طيش لذيذ يفضي به إلى انتحار بطيء.

سوى في كنف أمّه لم يجد النعيم، وهذا كان منذ أمدٍ بعيد. ماتت ودفنها بيديه ليرتحل بعد عدة شهور إلى هنا، كما يرتحل طائر لا يطيق الخريف.. أمه في روحه طيف دائم التجلّي، ملاك يسبّح له البياض كرمز للطيبة والخير. كم مرة وصفها على هذا النحو في قصائده المتناثرة على صفحات صحف المدينة.

- "هذا خير ما أنا فيه لم انتظره منذ موت أمي، ولا يصنعه الآن بشر إلا من صنوِها، أو ملائكة لا تظهر للعيان. أمي قد ماتت ودفنتها بيدي، فمن أين يأتي كل هذا الخير؟ لو أخبرت حكايتي لأحد الأصدقاء في المقهى لذهبت ظنونه بقواي العقلية؟ أي ملاك وجد الدرب سالكة إلى غرفتي ورمى لي بياضه كي أقعي متعرّقا في حيرتي ودهشتي.."

بالرغم من حاجته للطعام، إلا أنّ الوردة ظلّت هي الأكثر لجاجة في انبعاث السحر لطقوس خيالية تكتمل بحضور امرأة، وهي في أوان شبقها لتحيله منسحقاً إلى عوالم من الشهوة.

***

لم ينتبه يوماً إلى جارته، لم يفكر بها على نحو خاص، لولا الصوت الخافت في طرح السلام حين يلتقيان على درج البناية لكانت بالنسبة إليه إلا خيمة سوداء أو قطعة غيم مكفهرّة تمضي في سبيلها.

يمقت اللون الأسْوَد لذلك هو لم يجد في نفسه رغبة في أنْ يعيرها اهتمامه، إنما هي وكلما التقته ونظرتْ إليه من تحت خمارها تحاول أنْ تضم زنابق روحها التي تنفلش في تلك اللحظة، وتشعر أنَّ عليها أن تتماسك، ولا تجعل مشاعر الحب تجرفها بعيداً، وهي تحس أنَّ قلبها يتخلّع.

وتظل لوقت تجمع صورته في خيالها، تعيد الشريط في رأسها لمرات وهو يمرّ كالسهم بمحاذاتها غاضّاً النظر عنها لا يلوي على شيء. وهذا

ما يجعل أحاسيسها تضطرب ويصيبها الحزن.

هو لا يعرف أنّ تحت هذا السواد تقبع روح نضرة لم يطالها ذلك الحريق، لو يقترب منها ستصارحه وتقول له:

"إنَّ هذا السواد ليس لسبب ديني، إنّما اتلفّحه لتغطية ندوب الحريق الذي طال وجهي قبل سنوات، حين كنت أخدم في واحد من البيوت الكثيرة التي خدمت بها. ندوب أخجل أنْ أظهر بها. لذلك أُغطّي الخجل كي يظل لي وجه أمضي به حيث تتوفر لي المعيشة، ليس من السهل أنْ تُفتح الأبواب لوجه مشوّهٍ، خاصة حين يتعلق بالشهية للطعام، من سيتناول طعاماً أعدته يدان مسلوختان؟ لكن العالم القاسي هذا لا بد في النهاية أنْ يجد المرء المسحوق فيه ثغراً طرياً ينفذ منه. أعمل الآن في بيت عجوزيْن حيث أقوم بكل الأعمال المنزلية، قبل أنْ أعود ظهراً إلى حجرتي، وألتقيك على الدرج تمضي كالسهم حيث يكون نهارك قد ابتدأ".

تنتظر غيابه لكي تتسلّل إلى غرفته من خلال النافذة المشقوقة كل يوم، لتهيئ له حين يعود في المساء كلّ ما يتمناه رجلٌ متعب.

مرّ وقت على عقله وهو يتخبط، من أين، وكيف؟ ولكن ها هو الآن يجد نفسه مستسلما بخدر لذيذ لهذا الغيب الذي يهمي عليه بالطيبات التي يتذوّقها ويشعر بها تسري في أمعائه، والشهوات القصية التي تستحثها مخيلته كل ليلة أمام الوردة المتجددة.

مأخوذٌ بسحر النعمة وعقله يتواطأ مع كل ما يرى ويلمس، لذلك لم

يفكر بنصب شرك يؤدي إلى كشف مصدر هذه النعمة. ولا يشغل نفسه بتفكيك هذا الغموض.

ولم يعد ينتبه إلى نفسه كيف هي تدخل مدار الألفة مع هذه الغرائب اليومية، مما يجعله أنْ يكفّ عن طرح الأسئلة المؤرقة التي كان يحاول أنْ يستلّ منها أجوبة عقلانية عن هذه الغرائب التي تصادفه، لقد أسلم روحه للعبث، كأنّ الحياة مجرد قصيدة سوريالية.

***

حين عاد هذا المساء كانت روحه تحت سحر المساءات السابقة، ولكنه وجد غرفته على حالها. وردة الأمس ذابلة في بقايا ماء عكر، ولا طعام على الطاولة وهو المهدود من الجوع.

في الخارج خَلِفَ وراءه رياحا شرقية عاتية تحمل هواء ساخناً وثقيلاً يثير غباراً يصيب مرضى الصدور صعوبة في التنفس، مما يحث الناس للعودة إلى منازلهم على غير أوان. ويجعل المسنّون يحبسون أنفسهم داخل غرف أُغلقت نوافذها، وهم يتمتمون بأدعية لأنْ يمنحهم الله خير هذه الرياح، أما شرها لتأخذه المشيئة الإلهية بعيدا عنهم وعن أحبائهم وعن بني البشر أجمعين.

ها هو يسمع خبط الرياح على الأشياء المتروكة في الخارج من غير تثبيت، وكان يحدس أنها تتطاير، وها هو صوت قرقعة المعدن يشق الفضاء. تثيره الأصوات وتجعل من دمه يصطخب في شرايينه كأنه أنهار هائجة تفيض غاضبة. آخذة معها الأشجار وحتى الصخور.

فجأة يجد نفسه وسط عتمة حالكة إثر انقطاع التيار الكهربائي، رفع نظره صوب زجاج النافذة التي ما عادت مشقوقة لأنه أغلقها عند عودته، فرأى المدينة كلها ككتلة فحم، ولم يجد في نفسه رغبة لأن يشعل شمعة. جلس في العتمة يستمع إلى أصوات بدأت تتلاعب برأسه، ورويدا تتعالى وتفرض نفسها على الأصوات التي تسببها الرياح في الخارج.

وعي ضئيل ما تبقى له، لأن يربط أحداث المساء ببعضها، وراح يتساءل عن سبب أنْ لا يأتي زائر النهار. عن غياب الوردة، وعن نعمة الطعام، ما الذي حدث اليوم، لماذا لم يحضر من يحضر كل يوم ليجعل النهار بهياً، وما سر هذه الرياح في أنْ تحرك عصفها الشديد في هذا النهار بالتحديد؟

هل سمع خبطاً على الباب، ما هذا الطنين في رأسه، ما الذي يدفعه ليتقدم نحو الباب، هل تخيّل أنّ الزائر آن أوان ظهوره وجاء الآن ليفك له الطلاسم ويتجسد له باليقين، يفتح الباب ولكن في الخارج ليس سوى الرياح والظلام. وربما لمح طيف قطة شريدة تعضّ على فأر أو وطواط.

من أين يأتي هذا الشخير المصحوب بصفير غامض وهو لم ينم بعد؟ أمِنْ صدره الذي يعلو ويهبط أم من شُقٍّ في جدار؟ يخونه عقله في هذا الليل.

الأصوات جوقة يتناغم صداها الموحش، فلماذا يظلّ صوته حبيس

صدره. يحتاج لإلفه مع مكوّنات غريبة تتشكل وتفرض نفسها في غرفته وسط عتمة بدأت تطال حواسه. يطلق صوته بالصراخ فيخرج من أعماقه وكأنه من قاع بئر جفّ ماءه، أو ربما هو أشبه بعويل حيوان مجروح في غابة.

ينطلق كالسهم إلى خارج الغرفة كاشفاً عن صدره للريح فيما رأسه إلى السماء.. يريد أنْ يكون طليقا في قلب العاصفة.

استيقظت من غفوتها حين سمعت صوته يصلها إلى غرفتها، فكرت في أنْ تخرج إليه وتكشف عن نفسها، تفضي إليه وتصارحه بمكنون قلبها، تعتذر عن عدم زيارتها لغرفته اليوم بسب نوبة ربو ألمّت بها ومنعتها من الخروج حتى إلى عملها، إلا إنّ الجرأة خانتها. أحست بعجزها وتخاذلها يدفعانها إلى التقوقع على نفسها باكية وجسدها يرتجف من الحمى. أمّا روحها النضرة فكانت تطفح وتفيض حزنا وألماً عليه.

الهستيريا تحوّل مكونات الرجل إلى طيف متثاقل الحركة، يتخبّط في الظلام على غير هدى، حينما بعماء تام راحت خطواته تأخذ هبوط درج البناية المتهالكة نحو الشارع. وكان يضمّ إلى صدره العاري وردة الأمس الذابلة.

الشوارع خالية من المارة وسيارات قليلة تعبر بين الحين والآخر، والرياح لا تتوقف عن الصفير، في حين بدأ هدير صوته الذي يشبه عواء ذئاب جائعة يتعالى ويمتزج مع صوت الزمهرير، فترتج على وقعه

أركان المدينة.

كانت ومضة خاطفة غير محسوبة وكأنها خارج الزمن حينما جسده تعثّر بالرياح.. كأنه ريشة.

لم يكن من الواضح كيف حدث ذلك. هل من تلقاء نفسه قرّر أنْ يرمي بنفسه تحت عجلات سيارة ظهرت فجأة في المكان، أم أنّ الرياح هي التي دفعته كريشة ليستقر تحت عجلات سيارة حمراء ملأى بزهور حمراء.

طراز آدمي

بمقدوره أنْ يبدو كائناً محترماً ووقوراً، يقوم بما يمليه عليه الواجب بأحسن وجه، وهو بالبدلة السوداء ومسحة الحزن التي يتصنّعها على وجهه. أمّا العينان فقد خبأهما تحت نظارة سوداء، ليبدو كلّ شيء في تناسق تام مع مشهد المصاب الأليم وهو يتقدم المشيّعين في جنازة أمه.

اسمه فريد، طراز آدمي من الصعوبة بمكان أنْ يُظهر خللاً في آدميته، أو يبعث شكاً في سلوك مشين قد يفقده الاحترام ويؤدي به إلى قلة القيمة. ها هو بعد انتهاء مراسم الدفن يقف عند باب المقبرة وإلى جانبه بعض الأقرباء البعيدين يتلقون التعازي كما هي العادات في هذه المناسبات غير السارة. يستطيع المعزّون أنْ يلاحظوا مدى النفاق الذي يبدر من الأقرباء، بينما هو يبقى عالياً عن الشبهة لأنه مِن لُدن مَن ووريَت التراب وله الدعوات بأنْ يعينه الله ويمنحه الصبر والسلوان.

ولكن، كان يمكن لأم فريد أنْ تعيش!

صحيح أنّ للموت أواناً من القدر. لا يمكن لأي أرادة أو قوة على أنْ توقفه. إلا أنّه كان يمكن للمرحومة أنْ تعيش أطول من ساعة موتها لو أنّ ولدها فريد تصرف كما ينبغي حسب وصية الأطباء، وكما يتصرف هؤلاء الأبناء الذين يبقون أوفياء لحليب أمهاتهم.

***

هو سمع الصوت، وسمع صوت انكسار الزجاج على الأرض، سمع ولم يسمع.

كيف سيسمع الصوت من الغرفة المجاورة وفي أعماقه تتلوى ثعابين الشهوة، مما تجعل جسده تحت رخاوة تعطّل حواسه الأخرى وتسحب منه مشاعره الإنسانية، انه الآن تحت تأثير عناصر ناعمة ولكنها غامضة وبهيمية، لا تستجيب مشاعره إلا لهتاف الشهوة.

كان فريد في ذلك التناقض الغريب المختلف مع واجباته الإنسانية، أنه أقرب إلى صفات الحيوان في لحظة استفحال الرغبة الغريزية، حينما كانت والدته العجوز تستنجد به من الغرفة الأخرى لمساعدتها في تناول الدواء الذي تعيش عليه خلال شهورها الأخيرة.

فيما سبق كانت العجوز بمقدورها أنْ تعتني بنفسها وأنْ تتناول الدواء بمفردها، ولكن بتثاقل وهمّة واهنة. لكنها اليوم لا تسعفها قواها، يداها ترتجفان وهي تحاول تناول الدواء وكوب الماء عن الطاولة بجانب السرير.

فريد كان بقربها، لا يبعد عنها إلا خطوات قليلة في غرفة أخرى مسكونة بفحيح الشهوة. وبين سريرين في غرقتين متجاورتين كون وأزمان ضوئية تختصران حكايات الوجود بين الانبعاث والعدم.

***

قبل موت أم فريد، كان فريد عند ظهيرة النهار في غاية الآدمية، وهو يستأذن رئيسه في العمل أنْ يمنحه إجازة بقية النهار، يقول لأنه من غير اللائق أنْ يكون بعيداً عن البيت ووالدته وحيدة طريحة الفراش. وحين يقول ذلك تتملّك رئيسه مشاعر المواساة كيفما يكون أي إنسان وُهب مقدرة على التعاطف مع الآخرين.

يخرج فريد من باب الشركة، وعند مفترق غير بعيد يجد المرأة التي يتواعد معها بانتظاره. وحين يصل بها إلى البيت تكون مكوّنات شهوته على نضوح، وهي تطلق هتافها الوحشي في براري جسده.

فريد الآن في بيت يوجد به امرأتان تحت سقف واحد، امرأة غريبة يفرغ فيها خزائن رجولته، وامرأة أنجبته وأرضعته حتى صارت لديه هذه الخزائن. تنادي عليه ليساعدها في تناول دوائها، تنادي ليمنحها الحياة كما منحته طيلة عمره، بينما حياتها لا تكلفه سوى خطوات.

الآن موعد الدواء، إذا فات الموعد تدخل الروح في غيبوبتها الأبدية.

تنادي الأم بتضرّع، والابن يسمع الصوت ولا يسمع.

مضى وقت وهي تنادي، حتى تيبّس لسانها على اسم فريد.

الكوخ

أقسم الرجل بأنه يراها كل يوم تمر من أمام دكانه وهي متجهة نحو الكوخ القديم الواقع على طرف القرية.

صدّقه الناس وتداولوا أخبار الفتاة بكثير من النميمة والإشاعات، حتى أنّ أحدهم أضاف بكلّ خبث:

- أنها بلا شرف تغافل أهلها وتذهب إلى الكوخ المهجور لملاقاة عشيقها.

ولكن الكوخ لم يكن مهجوراً كما يظنّ سكان القرية، لقد كان مسكوناً من قِبَل امرأة عجوز منسية تعيش في العدم، وكانت الصبية تأتي إليها كلّ يوم لتمدها بالقوت وتؤنس وحدتها.

مُجَرّد كلب

أنا مُجرد كلب، أعيش مع أسرة مؤلفة من زوجين وطفل. أحضرني الزوجان جرواً صغيراً من إحدى المياتم قبل إنجابهما لآدم بعام تقريباً، وهما الآن يعتبراني بأنني ابنهما الثاني كلما جاء الحديث عن عائلتهما الصغيرة، مع إنني مجرد كلب.

أشعر بالفعل أنني أنتمي لهذا البيت، فأنا لا أعرف غيره ولم أعاشر أبناء جلدتي قط، أصادفهم أحياناً حين يخرج بي صاحباي للتريّض في المنتزهات فلا أشعر بانتمائي إليهم، أرمقهم بنظرة محايدة وبعضهم ينبح بوجهي فلا أعيره اهتماما.

يشير صاحبي سامي لأن أنبح على العابرين من أمام البيت، أنفذ الأمر بكل سرور لأنني أعرف أنّ نباحي يبعدهم، ولا يجعلهم التفكير برفع أياديهم مرة أخرى إلى أغصان شجرة الكرز المتدلية بثمارها فوق الطريق. وتشير لي صاحبتي مريام لأنْ أسلّم على الضيوف، فأقف على رجليّ الخلفيتين وأمدّ يدي اليمنى لمصافحة كفّ الضيف. أشعر بخوف بعض الضيوف حين اقترب منهم، فليس كلّ البشر يرغبون بالكلاب.

أنا كائن يحبّ الدلال، وصاحباي بمقدار واحد يغدقان به عليّ، لذلك لا أفضّل أحدهم على الآخر، فالأثنان عندي بمثابة أبي وأمي. كما أنني أحب آدم الصغير برغم إنني اشعر بالغيرة منه لأنه يزاحمني على حب ورعاية

والديه. وهذا لا يمنعني أنْ أكون أنا الراعي لآدم حين تطلب مني سيدتي أنْ أهز له سريره، حين تكون هي مشغولة في أمر ما.

كانت وظيفتي في البيت أنْ أكون كبشري منفطر على الوفاء لجميع أهل البيت. إنْ حزنوا أحزن معهم، وإنْ فرحوا اعطي لوجهي تلك الابتسامة الكلبية، وأروح أهز ذنبي كعلامة الغبطة، وأقفز إلى حُضنيْهما مداورة لعلني أكسب على رأسي لمسات الحنان. وحين أمرض كنت أرى على وجهيهما علامات الحزن والقلق ويهرعان بي إلى العيادة البيطرية.

كلبٌ ولا شيء ينقصني في هذا البيت، وصاحباي يجيئان لي بأطيب الأطعمة التي أشتهيها، ولا يجبراني على فعل أشياء لا أرغبها، وفوق هذا كله كانا يحمّماني كلّ أسبوع مداورة بصابون معطر له فعل السحر في منحي الهدوء ويشعرني بالانتعاش، لذلك كنت أعدّ الأيام لموعد الحمام التالي.

أشعر معهما في بعض الأحيان بأنني السيد وهما عاملان عندي سُخّرا لخدمتي، وما كان يدهشني حقاً بأنهما يعرفان طباعي ويفهماني أكثر مما أفهم نفسي. وكنت أتساءل في نفسي، ماذا يجنيان مني ليمنحاني كل هذا العطف والاهتمام. وما هي السعادة التي امنحهما إياها وليس عندي سوى النباح؟

مرات عدة طلب سيدي سامي أنْ أشاركه الغناء، فأصدق بأنّ لي صوتاً كالأصوات التي يرددها التلفاز الذي أواظب على مشاهدته. فأكتشف بأنني أنبح، ولا أفهم لماذا صاحبي تغمره السعادة بهذا النباح الذي هو من فطرتي.

توقفت مؤخراً عن طرح أسئلة وضعي في هذا البيت، لأنها أرهقتني وجلبت إليّ القلق، حين توصلت إلى سؤال حول ما إذا هذه الحياة ستدوم لي في هذا البيت، أم ينتظرني مصيراً مجهولاً ينتهي بي إلى الشارع.

لذلك رحت أحثّ نفسي أكثر وأكثر في الاندماج بالحياة التي توفرها لي هذه العائلة، عائلتي الحبيبة. صرت أقترب من آدم الصغير أكثر وأقضي جلّ وقتي بملاعبته، وأظل أعرض أمامه حركاتي حتى تملأ ضحكاته أرجاء البيت.

ولكن لم أكن أعلم ماذا تخبئ الأيام، هكذا وفجأة في مساء أحد الأيام الخريفية دبّ شجار بين سامي ومريام، تطاير خلاله شرر كلام ثقيل وجارح، كنت في غرفة آدم كعادتي وما أنْ تناهت إلينا الأصوات الغاضبة حتى انفجر آدم بالبكاء ورحت أنا أدور حول سريره لا أدري ماذا ينبغي أن أفعل.

سمعت صفير سامي يناديني، فخرجت إلى غرفة الاستقبال حيث هما يتشاجران، فإذ به يطلب مني أنْ أنبح بوجه مريام. شعرت بقشعريرة من هذا الطلب الغريب. كيف أنبح على صاحبتي؟

طأطأت رأسي ولذت سريعاً تحت الأريكة. كانت أصوات الشجار وصوت بكاء الطفل تدوي هادرة في رأسي، وأشعر أنّ البيت يتهاوى.

بعد لحظات سمعت صوت ميريام يناديني، فخرجت من تحت الأريكة وتقدمت منها متردداً، أمرتني أنْ أهاجم سامي، قفلت مسرعاً إلى غرفة الصغير الذي ما زال صوته يتعالى بالبكاء، فأطلقت أنا الآخر نباحي تعبيراً عن بكائي من شدة الألم.

أفكر بدور أقوم به لوقف الصدع، ولإعادة الوئام بين أفراد عائلتي.

لكن؛ ما بوسع الكلاب التي تعيش في كنف البشر أنْ تفعل حين البشر يتشاجرون؟

قطار الليل

عبثاً أحاول أنْ أتبيّن ضوء يلمع على جنبات الطريق، عبر نوافذ القطار الذي يمضي مسرعاً منذ أكثر من نصف ساعة دون توقف عند أي من المحطات. هل أخطأت القطار، واتخذت قطاراً لا يوصلني إلى بيتي؟

ولكن كيف يحصل ذلك، وأنا معتادٌ منذ سنوات على أنْ أستقلّ ذات القطار في نفس الموعد مساء للعودة إلى منزلي بعد نهار طويل من العمل.

بالعادة ينطلق القطار من المحطة المركزية وسط المدينة عند العاشرة مساء، وهو مزدحم بسكان الضواحي، ولكن ما حصل هذه المرة وبعد خمس دقائق من انطلاقه، أُطفئت الأنوار في المقصورات وعمّ الظلام الدامس، خفّت أصوات المسافرين وتلاشت. وما عاد من إشارة تدلّ على المكان. لا رؤية، لا صفير، ولا أصوات محركات ولا اهتزاز.

أحاول إطلاق صوتي فلا يخرج من داخلي، أحرك يديّ أمامي وجنباتي فلا ترتطمان بشيء.

أين ذهب الرجل العجوز الذي شاركني نفس المقعد، أين اختفت المرأة التي جلست قبالتي مع طفليها، بل وأين بقية الركاب الذين انتشروا على المقاعد وفي الممرات طولا وعرضاً.

لا بل أين القطار؟ أين عساه مضى في هذا الليل المدلهم..

هل تراه يذهب بنا إلى العدم؟

المخطوف

يفتح عينيه ويستعيد وعيه على البياض.

طلاء الغرفة والشراشف ومريول الممرضة التي بادرته بتهنئته على السلامة.

اقتربت من السرير وهي بالكاد تسمع له صوتاً حين رأته يحرك شفتيه، تراه يحدق بالأشياء كتائه في مكان غريب.

- لقد جاءوا بك وأنتَ بين الحياة والموت، مُصاب بعدة شظايا كانت موزعة في أنحاء مختلفة من جسمك. ولكن لا تقلق، أنت الآن بخير ولا خوف عليك.

لم يكن يبدو أنه يسمعها، وهي لم تلحظ أي تعبير طرأ على وجهه المصاب بخدوش واصفرار.

- هل أجلب لك كوباً من العصير؟

ها هي تسمع صوته لأول مرة وهو يطلب أنْ تأتيه بمرآة. استغربت طلبه، ولكن لم يكن بوسعها إلا أنْ تمضي لتجلب له طلبه. في الأثناء تلفّت حوله ولم ير أحداً غيره في الغرفة. حاول أن يتكهن شيئاً مما هو فيه، وما الذي أصابه ليرقد على هذا السرير مع امرأة غريبة. لقد كانت ذاكرته ممسوحة، ولا شيء فيها غير الضباب.

عادت الممرضة بمرآتها الخاصة، ودفعتها إلى يده اليمنى، وهي تحاول أنْ توسّع من ابتسامتها بوجهه، جفل حين رأى نفسه في المرآة وصرخ حانقاً:

- من هذا؟ هذا الشخص الذي في المرآة لست أنا!

- عفواً.. ماذا قلت؟

- لقد تم استبدالي!

اختلط الفهم على الممرضة وهي تحاول تهدئة رؤعه. كان يتململ في سريره وهو يبحث عن يسراه ليلوّح بها غاضباً، فيكتشف بأنها ليست بجانبه. يزيح الغطاء عن جسده فلا يرى ساقيه تكملانه على السرير.

لكي تظل له هذه الحياة قد بتر الأطباء يده اليسرى وقدميه.

- لقد جاءوا بك من الجبهة الأمامية، أما الآن أنتَ في أمان وحالتك مستقرة.

- استقرار، أمان، وقد بتّ إنساناً مشوهاً. من الذي أرسلني إلى هناك، لا أذكر أنني حاربت، أنا لا أحب الحرب، أنا مخطوف، أنا لست أنا، من أنا؟ أين أطرافي؟ ماذا فعلتم بها؟ لماذا جعلتموني بهذه البشاعة؟

وانفجر في بكاء مرير، اهتزت معه ردهات المستشفى. ليصل الاهتزاز إلى كل البلاد الدامية.

المنفى

أخذ وقتاً طويلاً ليستحمّ ويحلق ذقنه التي غزاها البياض، وهو يدندن ويصفر ويطلق صوته بالغناء. كان مزاجه رائقاً وهو يعدّ نفسه للخروج مع صديقته للاحتفال بقدوم السنة الجديدة.

سيرقص الليلة كما لم يرقص من قبل، سيشرب حتى تصبح روحة كإسفنجة مضمّخة، هكذا حدّث نفسه وهو أمام المرآة، وحين شعر بالرضى عن نفسه داهمه شعور من الغبطة وهمّ بالخروج لملاقاة صديقته عند باب البناية، حيث ستأتي بسيارتها ليكملا إلى وسط المدينة.

عند الباب وبالتفاتة منه إلى الخلف اكتشف أنه نسي إطفاء التلفاز. وهو يعود لإطفائه داهمته مشاهد لاجئين على ملء الشاشة. تسمّر أمامها وهو يرى جموعاً هائجة تحت الزمهرير والمطر تجرجر أقدامها عبر الأسلاك والسكك والحقول، وعلى قناة أخرى رأى جموعاً متراصّة في قوارب متهالكة يبتلعها البحر.

لاحظ أنّ الجموع لا تقتصر على أعمار الشباب فقط، هؤلاء الذين يبحثون عن التغيير، كما كان الحال يوم دسّ نفسه بين طوابير المهاجرين قبل أربعين عاماً.

مشاهد التلفاز تنقل صور عائلات بأكملها، مقتلعة كالأشجار من جذورها، وهي تُساق إلى مصائرها المجهولة.

أحسّ بألم في معدته ودوار في رأسه، وترآى له بأنه وقع في حفرة عميقة، المسافة إلى قاعها تستغرق أربعين عاماً هي أعوام المنفى التي طوت أيامه ولياليه.

نبذة عن المؤلف

سعيد الشيخ، إعلامي وكاتب وشاعر عربي يقيم في السويد منذ عام
١٩٩٠.

* صحفي مستقل يكتب في عدة صحف عربية ومواقع الكرتونية في
المجالين الثقافي والسياسي.

* عضو اتحاد الكتاب السويديين.

* أصدر ٢١ كتابا أدبيا في تصنيفات مختلفة توزعت بين الرواية
والقصة القصيرة والشعر وقضايا فكرية، كما صدر له مجموعتين
شعريتين باللغة السويدية.

المحتويات

١- نبأ السمكة ٥

٢- تقمص ١٣

٣- اكتمال القمر ٢٥

٤- يوم شاق ٣٠

٥- لمن تزقزق الطيور ٣١

٦- رنين في المقبرة ٣٧

٧- الجنة ٤٠

٨- رغبة قمر ٤١

٩- احتراق الفراشة ٤٧

١٠- التلويحة ٥٢

١١- اكتمال الغياب ٥٣

١٢- طفل السماء ٥٦

١٣- عن قبل الفرح ٥٧

١٤- حقل النار ٦٠

١٥- انكسار ٦١

١٦- رصاص طائش ٦٧

١٧- سيارة حمراء ملأى بزهور حمراء ٧٣

١٨- طراز أدمي ٨١

١٩- الكوخ ٨٤

٢٠- مجرد كلب ٨٥

٢١- قطار الليل ٨٩

٢٢- المخطوف ٩١

٢٣- المنفى ٩٣

FSC
www.fsc.org
MIX
Papper från
ansvarsfulla källor
Paper from
responsible sources
FSC® C105338